Henner Kotte **Schüsse im Finsteren Winkel**

Henner Kotte

Schüsse im Finsteren Winkel

und sechs weitere Verbrechen

Bild und Heimat

ISBN 978-3-86789-419-7

1. Auflage dieser Ausgabe

Umschlaggestaltung: capa
Umschlagabbildung: Chris Keller / bobsairport
Druck und Bindung: GGP Media GmbH, Pößneck

SUPERillu

In Kooperation mit der SUPERillu
www.superillu-shop.de

FSC
www.fsc.org
MIX
Papier aus verantwortungsvollen Quellen
FSC® C014496

Inhalt

Taxi!

Der Fall Hermann Beier, Leipzig 1955

»*Der imperialistische Krieg zerstörte unsere Stadt, wir bauen sie aus eigener Kraft wieder auf!*« Diese Losung ist in großen, weißen Lettern auf blauem Grunde unweit des Leipziger Hauptbahnhofes an eine Mauer geschrieben. Sie enthält eine für Leipzig charakteristische Aussage. Nicht Gaben, die Ruhmsucht und Huld der Herrschenden spenden, prägten in Jahrhunderten das Antlitz der Messe- und Buchstadt, sondern Vertrauen in die eigene Kraft, das ihren Bürgern eigen ist. Auf den Schuttfeldern, die der imperialistische Krieg zurückließ, scharte sich der wertvollste Teil der Leipziger Bevölkerung zu einer Notgemeinschaft unter Führung der Sozialistischen Einheitspartei, der Arbeiterklasse, zu tätiger Mithilfe beim Bau eines neuen, schöneren, demokratischen und friedliebenden Deutschlands. Heute sind bereits neue, moderne Industriehallen entstanden, ja ganz neue Großbetriebe … Die erneuerte Westhalle des Leipziger Hauptbahnhofes, die wiedererstandenen Messehäuser und der im Frühjahr 1950 vollendete erste Bauabschnitt des Messehofes in der Petersstraße, der vor einigen Wochen in Angriff genommene Erweiterungsbau des HO-Warenhauses, die anläßlich der Bachfeier des Jahres 1950 instandgesetzte Thomaskirche bezeugen im nahezu trümmerfreien Stadtzentrum den unbeugsamen Willen zu neuer, besserer Gestaltung. Am Wege zur Tagungsstätte des IV. Parlaments der FDJ werden der Neubauflügel des Fernmeldeamtes, der große Anbau an die Deutsche Wertpapierdruckerei und der richtreife Erweiterungsbau der Ingenieurhochschule für Polygraphie sichtbar. In der Straße der III. Weltfestspiele (Ranstädtischer Steinweg), die hinausführt zu den im Entstehen begriffenen Sportanlagen an der Stalinallee (Jahn-Allee), stehen die Wohnhausblöcke des ersten Planjahres 1951, zum größten Teil bereits vollendet und von Aktivisten und Bestarbeitern bezogen … Beispiele über Beispiele friedlicher Aufbauarbeit ließen sich aufzählen: Neu eingerichtete Polikliniken und Schulen, Lehrlingsheime, Kindergärten, Grünanlagen und Sportplätze. In allen Stadtteilen sind Arbeiter und freiwillige Helfer am Werk, ihren Beitrag zu leisten zu schönerer Wiedergeburt der Stadt Leipzig.« Wie das neue Deutschland gedeiht, so gedeiht die Messestadt, lassen die Schlagzeilen wissen.

Schattenseiten wie Raub und Mord und Totschlag besprach man selten offiziell, und wenn, dann als Symptom einer dem Untergang geweihten imperialistischen Klassengesellschaft. Ideologen verfochten in diesen Aufbaujahren die These, das Verbrechen stürbe in der sozialistischen Gesellschaft aus, ja, es sei ihr wesensfremd. So sind denn die Täter in den ostdeutschen Kriminalromanen jener Zeit auch untergetauchte Nazitäter oder westdeutsch indoktrinierte Agenten und Saboteure, die den Aufbau des Sozialismus mit allen Mitteln aufhalten wollen. Doch trotz solcher Verbrecher ist der sozialistische Aufbau nicht zu stoppen, glaubten die Funktionäre und künden ihre Parolen.

Dezent neben den großen Lettern der Propaganda liest der Bürger in den Zeitungen auch DDR-Realität. Am 19. Februar

1955 bittet die Deutsche Volkspolizei um Mithilfe: »In der Nacht vom 15. zum 16.2.1955 wurde in der Hermundurenstraße (Nähe Rathaus Waren) die Taxe 240 gefunden. Der Fahrer, der 62jährige Hermann Beier befand sich im Fahrzeug und war mit einer Leine erdrosselt. Aus der Brieftasche war ihm das Bargeld in Höhe von 360 DM graubt worden. In der Gustav-Esche-Straße wurde die leere Brieftasche am 16.2.1955 gefunden. Die Tat ist am 15.2.1955 zwischen 21.00 und 23.00 Uhr geschehen. Die Taxe wurde letztmalig in der Marthastraße gegen 21.00 Uhr gesehen. Wer hat nach dieser Zeit das Fahrzeug im Stadtgebiet beobachtet? Wer hat Personen in diese Taxe einsteigen sehen?

Die Taxe ist viertürig, von schwarzer Farbe und hat auffällig gelbe Räder. Der Innenraum ist mit rotbraunem Kunstleder ausgeschlagen, die Metallteile innen sind von auffällig roter Farbe. Zur Tatausführung wurde eine 14 m lange Küchenleine benutzt. Die Leine ist 6x3 mm im Durchmesser, aus gelblicher Kordseide und an den Enden mit einer 9 cm langen Schlinge versehen, und ist zuvor nicht in Gebrauch gewesen. Wer kennt Personen, die derartige Leinen in Besitz hatten und sich verdächtig gemacht haben? In welchem Geschäft wurde eine solche Küchenleine vor der Tat gekauft?

Sachdienliche Angaben werden von jeder Volkspolizeidienststelle entgegen genommen und auf Wunsch vertraulich behandelt. Für den Hinweis, der zum Erfolg führt, wird unter Ausschluß des Rechtsweges eine Belohnung von 1.000 DM in bar ausgezahlt.« 500 Plakate werden in allen Stadtbezirken sichtbar platziert und zeigen den Citroën, Baujahr 1936, und die 14 Meter Leine, neu. In einem Schaufenster des Centrum Warenhauses hing das Tatwerkzeug vor einer weißen Wand. Die ausgelobten 1.000 Mark Belohnung waren hoch bei durchschnittlich 1,30 DM Stundenlohn. Die vom Revierförster gefundene Brieftasche war leer. Hermann Beier hatte die Wocheneinnahmen bei sich. Nach Nachtschichtende wollte er sie beim Chef abrechnen. Raubmord, lassen die Indizien schließen.

Einmalig war der Tag für Hermann Beier gewesen. Denn er hatte nach dem Ende seiner Frühschicht am Dienstagmorgen auf seinen 62. Geburtstag einen ausgegeben. Kollegin Roswitha Gummich: »Ich hatte am 15.2. im HO-Café *Lessing*, Straße der III. Weltfestspiele, Ecke Lessingstraße (heute eine Filiale der Sparkasse Leipzig), Tagesdienst. Ich kenne den Hermann Beier und habe ihn am Tage seines Geburtstages bedient. Mit ihm zusammen haben der Tankwart von der Taxigenossenschaft, den Namen weiß ich nicht, der Chauffeur vom Direktor Paul und der Gemüsehändler Gantzler vom Laden gegenüber zusammengesessen. Außerdem kamen mehrere Taxichauffeure ins Café und tranken ihren Kaffee, was der Herr Beier bezahlte. Diese Chauffeure haben aber nicht mit gefeiert, und ich weiß auch nicht namentlich, wer das alles war. Der Hermann Beier hat mit den drei Personen bis etwa 13.00 Uhr gefeiert und dann sind sie alle gegangen. Beier, der ziemlich stark angetrunken war, wurde von dem Chauffeur des Herrn Paul nach Haus gefahren.« Dort angekommen wunderte sich die Gattin und: »habe ihm noch gesagt: *Du kommst aber spät*, worauf er erwidert hätte: *Ich habe doch nur einmal Geburtstag*. Sie habe ihm angemerkt, daß er angetrunken gewesen sei und aus diesem Grunde habe sie ihm beim Ausziehen der Kleidung geholfen. Er habe sich gleich hingelegt, als er gekommen sei, ohne etwas zuvor gegessen zu haben. Seine Brieftasche habe er stets in seiner Jackettasche, in der linken Innentasche getragen. Abends, bevor er zum Dienst ging, habe er diese Brieftasche zu Hause noch in der Hand gehabt und wieder eingesteckt.«

Dann ging Hermann Beier auf Arbeit, übernahm sein Taxi und fuhr. 72,90 DM betrugen seine Einnahmen. »Den letzten Auftrag von der Genossenschaft erhielt er am 15.2.1955, 21.02 Uhr, an der Anlaufstelle 05 Breite Straße Ecke Täubchenweg. Dieser Auftrag ging nach der Poliklinik Ost und von da aus in die Marthastraße 12, zu dem Bäcker Lehmann, Alfred.« Danach wurde kein Auftrag mehr an ihn vergeben. Gefunden wurde Hermann Beier gut drei Stunden später am anderen Ende der Stadt.

»Am 16.2.1955, gegen 3.00 Uhr wurde die MUK der BDVP Leipzig fernmündlich vom Operativstab der BDVP verständigt, daß in der Hermundurenstraße eine Taxe mit dem amtlichen Kennzeichen SV 80-59 aufgefunden worden sei. Der Fahrer dieses Kfzs sei tot.« Und es wurde berichtet, »daß der im Grundstück Hermundurenstraße 15 wohnende Kfz-Reparaturwerkstattinhaber Schmidt, Hans, gegen 1.30 Uhr die Taxe erstmalig gesehen habe und Schmidt habe auch veranlaßt, daß die VP verständigt wird. Veränderungen an der Fundstelle seien nicht vorgenommen worden … Bei Eintreffen der MUK war das Licht am Fahrzeug ausgeschaltet (die Beamten hatten es aufgrund der Belästigung beim Schlafen gelöscht). Das Taxometer lief. Hierzu wurde berichtet, daß um 2.35 Uhr das Taxometer auf 22.50 DM und um 4.25 Uhr auf 28 DM stand. Beim Ablesen des Taxometers durch die MUK um 5.00 Uhr stand dieses auf 30 DM. Die Türen des Fahrzeugs waren zugeklinkt, bis auf die hintere linke Tür, die nur angelehnt war … Der Fahrer des Wagens wurde als der Kraftfahrer Beier, Hermann, geb. am 15.2.1893 in Borschütz, Krs. Liebenwerda, wohnh. gew. Straße der DSF 124 II li, identifiziert. Er war tot und saß vom Fahrersitz seitlich hinübergerückt, so daß er mit der rechten Schulter an die rechte Wagentür gelehnt war. Seine Füße waren noch in Höhe der Gas- und Bremspedale. Der Tote war an unbekleideten Körperstellen ausgekühlt, Totenstarre war noch nicht eingetreten. Auffällige Totenfleckbildung konnte noch nicht erkannt werden. Um den Hals des Toten befand sich eine mehrfach geschlungene Leine, einer dünnen Wäscheleine bzw. einer starken Gardinenkordel entsprechend ... In der linken Schläfengegend, etwa in Höhe des äußeren Augenwinkels, waren bis zur Wange führend, rote Druckstellen erkennbar, die vermutlich durch fremde Gewalteinwirkung (Faustschlag o.ä.) verursacht wurden. Die Augen des Toten waren geschlossen. Seine Brille war heruntergerutscht und lag unbeschädigt auf seiner Brust, lediglich der linke Bügel war nach oben verbogen. Die Hände waren leicht angewinkelt, bildeten eine offene Faust, ohne Fremdkörper oder andere Spuren fremder Gewalteinwirkung aufzuweisen ... Die Bekleidung wies bei der Besichtigung an der Fundstelle keine Zeichen auf, die auf fremde Gewalteinwirkung schließen könnten ... Neben dem Toten, auf dem Fahrersitz liegend, wurden verschiedene Papiere vorgefunden, die möglicherweise aus der Jackentasche herausgerissen waren, aus der noch das Fahrtennachweisheft herausragte. Der Tote saß auf einem Stadtplanbuch von Leipzig mit Straßenverzeichnis, das er möglicherweise kurz zuvor benützt hatte. Beim Toten wurden kein Personalausweis, keine Fahrerlaubnis vorgefunden, so daß den Umständen nach gefolgert werden muß, daß ihm diese Gegenstände, evtl. in einer Brieftasche befindlich, aus der beschriebenen Jackentasche entwendet wurden. Zur Fundzeit lag auf den Straßen Schnee, und aufgrund der vorhandenen Fahrzeugspuren muß gefolgert werden, daß das Fahrzeug bis zur Fundstelle ordentlich auf der Straße gefahren ist. In der Fundortumgebung wurden keine weiteren Spuren gefunden, die mit dem Fund des Pkws und des Toten in Verbindung stehen könnten.« An der offenen Autotür können die Kriminaltechniker drei Fingerabdrücke sichern, die nicht von Hermann Beier stammen.

Ohne Zweifel: Mord. Der Fahrgast zur Marthastraße war der Täter nicht, ein Unwohlsein der Bäckersgattin Lehmann. Doch gut beleumundet ist die Gegend um die Martha- und Ernst-Thälmann-Straße (Eisenbahnstraße) nicht. In zwielichtigen Restaurants wie dem *Papser* hockt zwielichtiges Gesindel. Nicht selten werden Polizisten zu ruhestörendem Lärm, Schlägereien oder anderen Tätlichkeiten gerufen. Stieg dort zu Hermann Beier der Mörder in das Taxi? Trotz aller Aufrufe an die Bevölkerung um Mithilfe, diese Frage bleibt ohne Antwort.

Andrerseits die Hermundurenstraße 15 – War sie dem Fahrer die als letztes Ziel angesagte Adresse? Hausbewohner Hans Schmidt verständigte die Polizei: »Ich bin gestern, Dienstag, dem 15.2.1955 gegen 20.15 Uhr aus meiner Wohnung weggegangen, und ich begab mich in das Lokal *Zur Post* in Stahmeln, um dort zu Kegeln … Als ich mein Wohnhaus verließ, habe ich noch nichts Auffälliges festgestellt. Erwähnen muß ich nur, daß bei uns im Hause eine Frau Großkopf mit ihrer Tochter Helga Timm wohnt. Diese beiden Frauen wechseln öfters ihre Männerbekanntschaften, und es ist mir schon wiederholt passiert, daß die Großkopf oder ihre Tochter mit einem Manne im Hausflur standen, wenn ich abends heimkam. Ich bin von meinem Kegelabend gegen 1.30 Uhr wieder an meinem Wohngrundstück gewesen. Ich bin von Stahmeln nach Hause gelaufen. Es ist nicht weit, und der Weg betrug etwa nur eine Viertelstunde. Ich bin kurz nach ein Uhr aus dem Lokal *Zur Post* in Stahmeln weggegangen. Beim Kegeln traf ich einen Bekannten, der mit seiner Ehefrau gekommen war. Er hatte sein Dreirad bei sich. Ich bat ihn, auf seiner Heimfahrt einen Sack für mich mitzunehmen, den ich vom Gastwirt erhalten hatte und in dem sich Futter für mein Viehzeug befand. Ich wartete an der Ecke Hermunduren- und Stahmelner Straße auf meinen Bekannten, der mit seinem Dreirad noch nicht da war. Nach ungefähr fünf Minuten kam er dann an und gab mir meinen Sack. Ich muß noch erwähnen, daß, als ich von der Stahmelner- in die Hermundurenstraße einbog, um auf ihn zu warten, ich gesehen habe, daß an der Hermundurenstraße auf der Höhe, wo sich mein Grundstück befindet, ein Kraftfahrzeug hielt. Es war ein Pkw. Das Auto stand in der Mitte der Straße. Ich wunderte mich noch, weil an beiden Seiten das Stadtlicht brannte. Ich konnte von dieser Entfernung nicht erkennen, ob sich jemand im Wagen befand. Während meiner gesamten Wartezeit von etwa fünf Minuten veränderte sich am Auto nichts. Es stieg niemand ein und auch niemand aus. Ich habe auch kein Motorengeräusch gehört. Dann beobachtete ich, wie mein Bekannter die Stahmelner Straße mit seinem Dreirad entlang kam … Er überholte mit seinem Dreirad den parkenden Pkw rechts und schimpfte, weil das Auto in der Mitte der Straße stand. Er hielt mit seinem Dreirad an der rechten Straßenseite, ca. zwei Meter vom Pkw entfernt. Ich ging ihm bis zu seinem Dreirad entgegen und dabei bemerkte ich das erste Mal eine Person im Wagen. Sie saß rechts neben dem Fahrersitz und war leicht in die rechte Wagenecke gelehnt. Ich dachte dabei, daß es sich wohl um den den Kraftfahrer handelt, der auf jemand wartet und dabei in der Ecke lehnt und schläft. Ich erhielt meinen Sack und begab mich an meine Haustür, die ich ordnungsgemäß verschlossen vorfand. Als ich an meiner Haustüre stand, schaute ich mich noch einmal nach dem Pkw um und dabei bemerkte ich, daß die linke hintere Wagentür leicht geöffnet war. Sie stand an ihrer weitesten Stelle etwa 10 cm offen. Ich wunderte mich, denn mir kam das alles komisch vor, vor allen Dingen, daß der Kraftfahrer die Stadtbeleuchtung eingeschaltet hatte, wenn er so lange auf der Straße steht und wartet. Der Pkw stand mit seiner Mitte direkt vor unserer Eingangstür. Irgendwelche Fußspuren, vom Wagen kommend auf unser Haus zu, habe ich nicht festgestellt, weil der Schnee breitgetreten war. Ich fand im Hause alles in normalem Zustand vor. Mir ist bei meinem Heimkommen niemand begegnet. Meine Ehefrau war durch mein Kommen wieder munter geworden. Ich erzählte ihr von dem Pkw, der vor unserem Hause stand. Sie sagte dazu, daß dieser Wagen schon um 0.30 Uhr vor dem Hause gestanden haben muß mit der gleichen großen Beleuchtung, denn sie sei um diese Zeit ins Schlafzimmer gegangen, um ins Bett zu gehen, und dabei habe sie durch die geschlossenen Holzfensterläden Licht reinschimmern sehen, das aber auf keinen Falle von der Straßenbeleuchtung hergerührt hat. Ich war schon ins Bett gegangen, als mir die Geschichte keine Ruhe ließ, und ich mich noch einmal anzog, um zu sehen, was mit dem Wagen vor unserem Hause los ist. Ich begab mich an den Pkw heran und stellte dabei noch fest, daß die linke Türscheibe neben dem Fahrersitz halb heruntergedreht war. Ich stellte mich etwas hinter die heruntergedrehte Scheibe und rief den Mann im Wagen mehrere Male an. Ich erhielt jedoch keine Antwort. Dabei sah ich, daß dem Manne die Brille auf die Nase gerutscht war und daß aus seiner Manteltasche Papiere heraushingen. Ferner sah ich eine helle Kordel um seinen Hals. Ich konnte mir nun denken, daß hier etwas passiert war…«

Helene Trommer ist elf Jahre und wohnt im selben Haus der Hermundurenstraße 15. Sie kann die Angaben präzisieren: »Ich bin gegen 20.45 Uhr ins Bett gegangen… Noch bevor ich einschlief, es wird nach meiner Schätzung 21.15 Uhr gewesen sein, hörte ich ein Auto kommen und sah den Lichtschein in meinem Zimmer. Demzufolge kam das Auto aus der Pferdnerstraße und bog in die Hermundurenstraße ein in Richtung Stahmelner Straße. Ich konnte dann nicht einschlafen und hörte gegen 21.30 Uhr meinen Vater ins Bett gehen. (Der Zeuge Trommer bestätigt, daß er gegen 21.30 Uhr zu Bett gegangen sei.) Kurz nachdem mein Vater ins Bett gegangen war, hörte ich ein Auto von der Stahmelner Straße her die Hermundurenstraße entlang kommen. Aus diesem Grunde bin ich aus dem Bett gestiegen und zum Fenster gegangen. Ich sah das Auto an mir vorbeifahren, bevor es 50 m weiter stehen blieb. Es hat dort etwa 3-4 Minuten gestanden, und ich war inzwischen wieder ins Bett gegangen, als ich das Auto zurückkommen hörte. Und ich hörte dann, wie es auf der Straße stehen blieb und der Motor ausgeschaltet wurde. Ich habe nicht mehr zum Fenster hinausgesehen … Es war ein dunkler Pkw. Personen habe ich darinnen nicht erkannt, doch sah ich im Auto ein rotes Licht glimmen, als wenn jemand eine Zigarette raucht … Ich habe keine Stimmen gehört und auch kein Zuschlagen der Wagentüren. Ich erinnere mich aber, in der Zwischenzeit, nachdem das erste Mal das Auto hinunter zur Stahmelner Straße gefahren war und von wo eine halbe Stunde später das von mir beobachtete Auto kam, Schritte gehört zu haben, die an unserem Haus vorbeigingen in Richtung Stahmelner Straße. Ich habe niemand in unser Haus hineinkommen gehört und auch nicht gesehen.« Spuren auf der Straße sind nicht sichtbar, Schnee fällt noch immer. Fährtenhund Betty nimmt keine Witterung auf.

Alle Mieter des Hauses Hermundurenstraße 15 verneinen die Frage, ob sie mit dem Taxi nach Hause fuhren. Auch bestellte das Auto niemand. Der Taxistand am Rathaus Wahren ist keine fünf Minuten des Fußwegs entfernt. Ob allerdings die Damen Großkopf und Timm die Wahrheit sagen, bedarf genauerer Recherche. Den Verdacht der Prostitution legte Kfz-Meister Schmidt den Ermittlern nah. Ein Strafvergehen.

Nach dem Aufruf in der Presse melden sich Zeugen, die in der Nacht verdächtige Personen beobachtet haben wollen. So auch Johannes Ungrad, Drogerist, jetzt Krankenpfleger. Er wohnt auf der Georg-Schumann-Straße, dort, wo die Hermundurenstraße als Fußweg in sie mündet. »Ich habe folgende Beobachtung gemacht: Am 15.2.1955 hatte ich bis gegen 23.00 Uhr Dienst. Ich fuhr mit der Straßenbahnlinie 29 nach Hause... Gegen 23.30 Uhr bin ich an der Haltestelle Pittlerstraße ausgestiegen. Ich mußte zu meinem Wohngrundstück von der Haltestelle aus etwas zurücklaufen. Auf diesem Wege konnte ich in den sogenannten Gartenweg hineinsehen. Dieser Weg ist eine Verlängerung der Auenseestraße (Parallelstraße zur Hermundurenstraße). In diesem Gartenweg sah ich einen Personenkraftwagen stehen, mit seinem Kühler in Richtung Pittlerfabrik. Mir fiel dieses Auto sofort auf, weil ich es noch nie erlebt habe, daß auf diesem Wege um diese Zeit ein Auto hält. In dieser Straße bzw. dem Gartenweg ist kein Zugang zu einem Wohngrundstück. Nur am Tage fahren ab und zu Autos diesen Weg entlang, die zur ehemaligen Pittlerfabrik wollen. Das Auto war unbeleuchtet. Das Auto selbst war vollkommen dunkel, es brannte auch kein Rücklicht. Der Wagen parkte scharf am Gartenzaun... Ich blieb an meiner Haustür stehen, die dem Gartenweg gegenüber liegt und beobachtete weiter. Ich sah dann, wie sich die hintere linke Wagentüre öffnete und ein Mann ausstieg. Er ließ die Wagentür offen stehen und blieb vor der Tür in wartender Haltung stehen. Er blieb ungefähr 4-5 Minuten vor der Wagentür stehen. Dann ging er zum Kühler des Wagens und lehnte sich an die linke Kühlerseite. Ich hatte den Eindruck, daß seine Aufmerksamkeit in Richtung Georg-Schumann-Straße mit seinen Nebenstraßen Auenseestraße, Hermundurenstraße, Pittlerstraße lag. Der Unbekannte lehnte mindestens 6-7 Minuten am Kühler. Während er noch am Wagenkühler lehnte, kam eine zweite männliche Person aus dem Wagen. Die zweite Person kam aus der vorderen linken Wagentür. Diese zweite Person ging hinter dem Wagen entlang an den Zaun und verrichtete dort ihre Notdurft. Dabei habe ich gehört, wie diese Person vom Gartenzaun aus den anderen, der am Kühler lehnte, mit dem Namen Hermann ansprach. Die Person ging dann vom Gartenzaun weg, wieder um den Wagen rum bis zu der anderen Person hin. Dabei hörte ich zum zweiten Male, wie der Mann vom Gartenzaun die andere männliche Person mit Hermann anredete ... Dann sah ich, wie die Person vom Gartenzaun mit ihrer rechten Hand in den Mantelausschnitt griff und aus ihrer linken Brusttasche einen Gegenstand hervorzog. Ich konnte nicht sehen, was es war. Ich beobachtete aber, wie diese Person dem anderen Manne, der am Kühler lehnte und mit Hermann angesprochen worden war, diesen Gegenstand übergab. Vor dem Übergeben drehte sich der Mann vom Gartenzaun noch einmal um und schaute in Richtung Georg-Schumann-Straße, zwischen Hermundurenstraße und Auenseestraße. Die Person vom Kühler nahm den Gegenstand mit der rechten Hand und steckte ihn in die rechte Manteltasche ... Wenn ich mir das jetzt überdenke, so möchte ich sagen, daß es sich bei dem Gegenstand um eine Schnur oder Leine gehandelt hat. Ich nehme das deshalb an, weil die Person, die den Gegenstand in Empfang nahm, die geöffnete Hand nach oben streckte und dieser Gegenstand so hineingegeben wurde. Diese Schnur muß auch eine ganz schöne Länge gehabt haben, denn die Person, die den Gegenstand in Empfang nahm, mußte die Hand weit öffnen. Es war mindestens eine Hand voll. Als die Person den Gegenstand in die Manteltasche gesteckt hatte, griff sie noch zwei- bis dreimal in die Manteltasche hinein. Ich hatte den Eindruck, als wollte dieser Mann sich vergewissern, ob auch alles drin ist. Nach der Übergabe stieg der Mann vom Gartenzaun in den hinteren linken Wagenschlag. Dieser Mann trug eine Schirmmütze oder eine Schiemütze, ähnlich wie die Mützen bei der VP sind. Die Person, die noch am Kühler lehnte, trug einen sogenannten Blaser bzw. eine Sportmütze. Er stellte sich nach der Übernahme mit dem Gesicht zum Kühler, und ich hatte den Eindruck, als machte er sich etwas am Kühler zu schaffen. Ich bin in diesem Moment in meine Wohnung hochgegangen und wollte meine Frau wecken. Sie schlief aber, und ich unterließ es deshalb. Ich stellte nur meine Aktentasche auf den Vorsaal, verschloß die Wohnung und ging sofort wieder hinunter. Das hat alles zusammen höchstens 3-4 Minuten gedauert, bis ich dann wieder vor meinem Hause war. Als ich meine Haustür öffnete, sah ich, daß das Auto in Fahrt war. Es mußte in der Zwischenzeit gewendet haben, denn es kam mir entgegengefahren und befand sich schon an der Ecke Gartenweg und Georg-Schumann-Str. Ich glaube nicht, daß ich von den Männern im Gartenweg, als ich sie dort beobachtete, gesehen worden war.

Das Auto bog dann in die Georg-Schumann-Str. ein, fuhr in die Hermundurenstraße ein und war dadurch meinen Blicken entschwunden. In diesem Moment sah ich zum ersten Male die Frauensperson, die sich dann längere Zeit in der Georg-Schumann-Str. zwischen Hermunduren- und Auenseestraße aufhielt … Es können drei Minuten vergangen gewesen sein, als ich plötzlich das Auto wieder bemerkte. Es fuhr die Auenseestraße entlang, an mir vorbei, bog in die Georg-Schumann-Str. ein und fuhr wiederum in die Hermundurestraße ein. Ich hatte den Eindruck, als hätte das Auto nur eine Runde gefahren … Während dieser Zeit war die Frau zwischen Hermunduren- und Auenseestraße hin und her gependelt. Sie hatte sich in dieser Zeit an der Tankstelle, die ganz in meiner Nähe war, eine Zigarette angebrannt. Bei dieser Frau handelte es sich um eine etwa 40-Jährige. Sie trug ein dunkles Kopftuch, dünne Strümpfe und sie hatte blondes Haar. Sie trug einen dunklen Mantel. Sie war schlank und hatte ungefähr eine Größe von 1,60. Die Frau hatte ein verlebtes Gesicht. Sie hatte eine Tasche bei sich. Ich hatte den Eindruck, daß es eine schwarze Samttasche war, und eine Länge von 25 cm hatte. Gesprochen hat die Frau nichts. Es kann ungefähr die dreifache Zeit vom ersten Male vergangen gewesen sein, als das Auto wiederum aus der gleichen Richtung wie das erste Mal kommend an mir vorbeifuhr … Als der Wagen die beiden Male an mir vorbeigefahren war, sah ich im Wageninneren zwei Personen sitzen. Am Steuer saß der Mann mit der Schirmmütze und der mit dem Blaser saß auf dem Rücksitz, aber nicht hinter dem Fahrersitz, sondern rechts davon. Als der Wagen das zweite Mal an mir vorbeigefahren war, rauchte der Mann hinten wieder eine Zigarette.« Die Angaben des Zeugen Ungrad stimmen mit den Fakten überein, genau mit den Fakten, die in der Pressemitteilung veröffentlicht worden waren. Vom Zeugen Martinek wurde zur Veranschaulichung eine Skizze angefertigt. Es bleibt nicht die einzige Geschichte, die die Kriminalisten hören. Nach der Frau mit dem verlebten Gesicht und dem Mann mit Blaser wird gefahndet, identifiziert werden sie nie.

Die Sektion ergibt keine natürliche Todesursache. »Der Verstorbene erlitt zu Lebzeiten eine um den Hals horizontal zuschnürende Gewalteinwirkung, die letztlich den Tod durch Ersticken hervorrief. Des weiteren erlitt der Verstorbene zu Lebzeiten stumpfe Verletzungen im Bereich des Mundes, des Nasenrückens und der Schläfen-Jochbeingegend, die mit Haut- und Kratzdefekten einhergingen. Die Anordnung der Kratzer deutet auf ein gewaltsames Zuhalten des Mundes hin. Sie sind wahrscheinlich durch einen oder mehrmaligen Griff des Täters mit der linken Hand von hinten entstanden, wobei der Täter mit der rechten Hand die um den Hals geworfene Gardinenschnur zuzog. Weiterhin erlitt der Verstorbene zu Lebzeiten eine stumpfe Gewalteinwirkung im Bereich des rechten inneren Unterarmknöchels, die sehr wahrscheinlich bei der Abwehr entstanden ist (Faustschlag o.ä.). Sie ist oberflächlicher Art und nicht tödlich. Die weiterhin bei der Sektion festgestellten Hautabschürfungen und Druckmarken im Bereich der Unterschenkel können durch Anstoßen an den unteren Rand des Armaturenbrettes – entweder beim Anprall des Wagens oder bei den Erstickungskrämpfen – entstanden sein. Sie sind oberflächlicher Art… Nach dem Abkühlungsgrad der Leiche in Verbindung mit der kalten Jahreszeit (minus 10°) und der Bekleidung des Verstorbenen zu urteilen, ist der Tod sehr wahrscheinlich zwischen 23.00 Uhr und 2.00 Uhr eingetreten.«

Stünde im Kriminalroman, daß ein Mörder am Geburtstag des Opfers seine Tat beging, kämen dem Leser Zweifel. Solcher Zufall scheint kaum glaublich, außer die Tat wäre für diesen Tag geplant gewesen. Ums Geburtsdatum wissen die Familie, Eltern, Kinder, Enkelkinder, weitere Verwandte, Freunde und Kollegen. Das private Umfeld Hermann Beiers wird betrachtet, Auffälligkeiten werden nicht festgestellt. Die Ehe mit Martel hält fast vierzig Jahre. Fünf Kinder haben die beiden. Die verwitwete Tochter Anna wohnt im selben Haus, eine Etage unter ihren Eltern. Sohn Ralf arbeitet auf Montage in Cottbus. Das Verhältnis unter den Geschwistern ist gut. Mutter Martel kann sich Gründe für den Mord am Gatten gar nicht denken, außer Geld. 360 Mark für manchen mehr als Monatslohn. Aber ansonsten … nein, privat sei alles in Ordnung. Nachbarn sind derselben Meinung.

Die Kollegen kennen Hermann Beier, manche seit Jahren. Fuhrunternehmer Alfred Schneidewind kann nichts Negatives sagen: »Der Kraftfahrer Hermann Beier ist bei mir seit ca. 2 Jahren und 2 Monaten beschäftigt. Ich übe seit 1945 diesen Beruf des Kraftdroschkenbesitzers aus und habe von dieser Zeit an bis zur Einstellung des Hermann Beier die Kraftdroschke selbst gefahren. Wie schon erwähnt, habe ich mir dann aus gesundheitlichen Gründen einen Kraftfahrer anstellen müssen. Mit dem Hermann Beier war ich immer zufrieden. Es gab keinen Grund zu Beanstandungen. Seine Abrechnungen haben immer gestimmt. Ich hatte die Dienstzeit des Hermann Beier so geregelt, daß er drei Tage der Woche Tagdienst und drei weitere Tage Nachtdienst versah. Während der übrigen Zeit lief die Taxe nicht und stand zu diesen Zeiten immer in der Lessingstraße in der Sammelgarage. Ich sah Beier wöchentlich meist nur einmal, nämlich an dem Tage, an dem er mit mir abrechnete. Beier rechnete immer mit mir ab, wenn er seine drei Tage Tagdienst und seine drei Tage Nachtdienst hinter sich hatte. Einen bestimmten Wochentag kann ich dafür nicht angeben, weil sich ja dieser Tag jede Woche um einen weiteren Tag verschiebt. Diese Verschiebung entsteht durch den Freitag bzw. seinen Ruhetag, den er zwischen den Tag- und Nachtschichten hat. Beier hätte nun noch eine Nachtschicht machen müssen und wäre dann zu mir zur Abrechnung gekommen. Er wäre also am Donnerstag früh bei mir gewesen. Beier war im Besitz der Fahrgeldeinnahmen für fast eine ganze Arbeitswoche. Wieviel Geld er bei sich hatte, weiß ich allerdings nicht. Beier rechnete durchschnittlich jede Woche mit mir etwa 420 DM ab. Diese Summe schwankte ab und zu um 50 DM. Wenn Beier die gesamten Fahreinnahmen der letzten Woche in der gestrigen Nacht einstecken hatte, so muß er ungefähr einen Barbetrag von ca. 350 DM bei sich gehabt haben. Beier hat mir gegenüber nie geäußert, daß er das Geld immer bei sich trägt bis zur Abrechnung mit mir. Es besteht allerdings die Möglichkeit, daß er das gesamte Geld bei sich trug.« Auch die Aussage von Chef Schneidewind legt einen Raubmord nahe. Die Wocheneinnahmen trug Hermann Beier in seiner Brieftasche. Der Abrechnungstag wechselte. Wußten Kollegen, daß das Opfer an jenem Tage viel Geld bei sich trug?

»Am 17.2.1955 gegen 14.00 erschienen an Amtsstelle der Vorsitzende der Taxigenossenschaft, Heuer, mit drei Kollegen, um sich zu informieren, auf welche Weise ihr Arbeitskollege Beier ums Leben gekommen ist und in welcher Form sie den Taxifahrern Auskunft geben können, zumal am kommenden Sonntag eine Generalversammlung der Taxifahrer vorgesehen ist … Es wurde vereinbart, den obigen Personen Auskunft zu geben, daß Beier ums Leben gekommen sei und die hierzu erforderlichen Untersuchungen von der Volkspolizei getätigt werden und zur Zeit noch nicht abgeschlossen sind. Zugleich wurde vereinbart, daß die Taxigenossenschaft Umfrage hält, wer von ihren Kollegen Beier am 15.2.1955 nach 21.00 Uhr gesehen hat und an welchen Taxihaltestellen er nach dieser Zeit hielt.« Verdachtsmomente ergeben sich aus der Befragung der Kollegen nicht. Vielmehr sind die stark erschüttert und erinnern sich weiterer Fälle, bei denen die Opfer Taxifahrer waren.

Vier Jahre zuvor, im Januar und März des Jahres 51, schlugen Räuber unter Taxifahrern zweimal zu. Tatwerkzeuge: Hammer aus Holz. Der Täter wird nicht älter als zwanzig beschrieben. Er ließ Hammer und Hut an einem der Tatorte zurück. Erweist sich der Mord an Hermann Beier als Teil einer Serie? Spekulationen gibt es viele.

Und es gibt Gerüchte, die nicht nur der sozialistischen Staatsmacht mißfallen. Bei einer Überwachung am 22.2.1955 gegen 21.00 Uhr im Lokal *Baumgarten* in der Nähe der Marthastraße, wo Beier seinen letzten Fahrgast entließ, »war ich Zeuge eines Gespräches, welches der Wirt mit einem Gast führte, der Name des Wirtes ist Kluttig. Der Beschuldigte P. erzählte dem Kluttig von dem Raubüberfall auf den Taxifahrer. Der Beschuldigte sagte wörtlich zu dem Kl. *Glaube mir, von dem Überfall hörste nichts, die Polizei hüllt sich in Schweigen, die Akten verschwinden, und niemand erfährt etwas davon, na, wir wissen ja, wer der Mörder ist bzw. sind.* Namen wurden nicht genannt, es wird vermutet meinerseits, daß der P. die Besatzungsmacht meint. Diese Vermutung begründe ich damit, weil der P. in seinen weiteren Gesprächen mit dem Kluttig ein Vorkommnis erzählte, wo es sich seinen Worten nach ebenfalls um Angehörige der Besatzungsmacht handelte. Der P. erzählte, daß sich wohl einmal ein *Russe* an einem Wagen zu schaffen gemacht hätte. P. hätte dem *Russen* eine runtergehauen, anschließend habe er die Polizei verständigt, die mit einer Streife der Roten Armee angekommen wären, und die dann den *Russen* geschlagen hätten.« Das ist Verleumdung und Hetze gegen die Volkspolizei. Das Gehörte wird »aus gegebener Veranlassung« an andere Institutionen weiter gemeldet. Der Taxifahrermord ist in Leipzig Gesprächstoff.

Auch die Kellnerin des Café *Lessing* erinnert sich an mehr.

»Es kann etwa gegen 14.00 Uhr an jenem 15.2.1955 gewesen sein, als mir zwei unbekannte Männer ins Lokal kamen und mich ziemlich bestimmt fragten, wo denn die seien, die an dem Tisch gesoffen hätten. Er meinte damit Hermann Beier und die anderen drei Männer. Ich sagte, daß sie gegangen seien und evtl. in die *Palmengrotte* gegangen sein könnten. Da sagte mir der eine von den Zweien, daß sie dort nicht seien, da ja die *Palmengrotte* geschlossen sei. Auf meine Bemerkung, daß der Herr Beier dann zu Hause sein wird, sagte einer von den Zweien wieder, daß er nicht zu Hause sei. Kurz danach verließen die zwei mir unbekannten Personen wieder das Lokal. Ein Taxifahrer, der noch bei uns im Lokal saß, fragte mich noch, wer die Zwei denn gewesen seien. Ich konnte aber nur sagen, daß ich sie nicht kannte.« Der Taxifahrer kann nähere Angaben machen: »Es war eine große und eine kleinere Person, etwa im Alter von 27-28 Jahren. Der Große war älter ... ca. 1,75 m groß, schlank, schmales Gesicht, dunkelblond. Er hatte eine graugrüne, verwaschene Kort-Stiefelhose an und schwarze Stiefel. Grau-karr. Jackett. Ohne Kopfbedeckung und ohne Mantel. Weitere Angaben kann ich nicht machen. Von der zweiten Person kann ich keine weiteren Angaben machen, als daß er einen Wintermantel anhatte.« Hinweis erfolgt auf Hinweis. Spuren über Spuren.

In allen Haushaltswarenläden der Stadt wird nach der Herkunft der 14 Meter langen neuen Leine geforscht. Von Herstellerbetrieben wird Vergleichsmaterial angefordert und untersucht. Im Aschenbecher des Taxis fanden sich Zigarrenbanderolen und an Kippenresten klebt auffällig Lippenstift. Alle möglichen Personen werden dazu befragt, den Damen werden Kosmetikproben abverlangt.

Am 19. April »gegen 15.00 Uhr wurde vom K-Dauerdienst

des VPKA Leipzig gemeldet, daß in einem Trümmergrundstück in der Nordstraße Straßenbahnfahrten-Unterlagen des Straßenbahnschaffners Ulrich Kurz, wohnhaft Erich-Köhn-Str. 104, gefunden worden wären. Kurz habe die letzte Straßenbahnfahrt am 14.2.1955 gegen 10.37 gemacht und fehle seit dieser Zeit unentschuldigt. Nach bisherigen Ermittlungen soll er sich der Unterschlagung von Fahrgeldern schuldig gemacht haben.« Gemutmaßt wird: Republikflucht. Ein weiterer auf der Fahndungsliste.

Eine Flut von Anzeigen erreicht die Polizei, anonym, aber auch mit Namen und Adresse. So spricht am 12. April bei der MUK der Elektromechaniker Heinz Harald Brock vor und gibt zu Protokoll, daß die Familie zum Osterfest Hedi, die Schwester seiner Ehefrau, aus Weißenfels, erwartet hätte. Hedi wollte ihnen angelegentlich auch ihren Verlobten Joachim Dürr vorstellen. So feierten sie alle das Fest gemeinsam, doch der Verlobte Dürr erschien Herrn Brock verdächtig: »Am Nachmittag des Ostermontags beratschlagten wir, wohin wir uns begeben könnten, und ich machte den Vorschlag, das Lokal *Haus Auensee* aufzusuchen. Daraufhin sagte Dürr, daß er das Lokal und die Kapelle und die Gegend kennt. Auf meine Frage, wie das käme, meinte er, daß seine Bekannten dort wohnen würden. Auf meine Frage, wo denn seine Bekannten genau wohnten, konnte er mir keine Auskunft geben und bog das Gespräch ab. Ich hatte den Eindruck, daß ihm die Erwähnung des Namens *Haus Auensee* bzw. die ganze Gegend nicht angenehm war. Wir beratschlagten dann, in ein anderes Lokal zu gehen, und dabei kamen wir auf den Gedanken, den Cousin meiner Ehefrau in der Kurt-Günther-Str. 15, mit Namen Auermann, zu besuchen. Wir trafen alle dort gegen 21.00 Uhr ein. Auf der Fahrt nach dort mit der Straßenbahnlinie 7 ergab es sich in der Unterhaltung, daß Dürr verschiedene Lokale wie *Sachsenhaus, Tante Anna, Grüne Schänke* und auch den Bahnhof Leipzig sehr genau kennt. Als wir am Hauptbahnhof vorbeifuhren, meinte er: *Der ist mir bestens bekannt.* Ich war darüber besonders verwundert, denn aus allem, was ich bisher von ihm und über ihn gehört hatte, habe ich entnommen, daß er noch nicht des öfteren in Leipzig gewesen sein soll. Im Laufe des Abends nahmen wir dann bei dem Cousin meiner Ehefrau alkoholische Getränke zu uns. Nachdem wir in Stimmung waren, brachte ich das Gespräch bewußt wieder auf das Lokal *Haus Auensee*, weil mir diese Sache mit Dürr und dem vorangegangenem Gespräch über das *Haus Auensee* nicht in Ordnung vorkam. Ich sagte wörtlich: *Siehst Du, wären wir ins* Haus Auensee *gegangen…, das kennst Du doch, oder?* Er war angetrunken und stieg sofort darauf ein und sagte, daß er das sehr gut kennen würde, und dann sagte er wörtlich: *Meine Bekannten wohnen doch dort, wo der Taxifahrer mit dem Strick ermordet worden ist.* Er war dabei etwas erregt, als er das sagte, und ich erschrak über seinen Gesichtsausdruck, den er dabei machte. Er bemerkte mein Erschrecken, drehte sich auf seinem Stuhl sofort herum und begann mit jemand anderem ein Gespräch. Kurz darauf lenkte er noch einmal auf dieses Gespräch und sagte: *Ich weiß, wie ich von da draußen zum Bahnhof komme. Da ist ein Rathaus und ein Kellerlokal*, und von dort aus müßte er fahren, zum Bahnhof. Damit war das Gespräch zu Ende. Dürr wollte dann noch einmal weggehen an diesem Abend, um noch eine Flasche Schnaps zu holen. Meine Schwägerin machte mich darauf aufmerksam, daß er auf keinen Fall mehr trinken dürfe, da er in betrunkenem Zustande gewalttätig wird und alles zerschlägt. Wir traten gegen 2.00 Uhr nachts den Heimweg an, mit einem Taxi vom Taxihalteplatz Täubchenweg aus. Unterwegs wollte Dürr am Hauptbahnhof aussteigen und wollte auf dem Bahnhof nächtigen. Wie er das machen wollte, hat er nicht näher erklärt. Wir brachten es dann fertig, ihn mit zu uns in die Wohnung zu nehmen, wo er auf der Couch schlief. Am nächsten Morgen bekam ich gegen 11.30 Uhr den Besuch des Kollegen von mir. Ich stellte diesem den Dürr kurz vor, und anschließend zog ich mich mit meinem Kollegen zurück. Nach etwa 10 Minuten kam Dürr nach dort unter dem Vorwand, telefonieren zu wollen, und er ließ sich von mir zu diesem Zwecke das Telefonbuch geben, in dem er längere Zeit blätterte. Nach einer Weile fragte ich ihn, was er denn sucht, und er gab zur Antwort, daß er die Nummer des Parkhotels sucht. Ich machte ihn darauf aufmerksam, wo die Nummer steht, und nachdem er die Nummer von mir bekommen hatte, überlegte er und meinte dann, es wäre nicht nötig, zu telefonieren, denn *die machen jetzt Mittag*. Er verließ nun aber nicht den Raum, sondern blieb, bis mein Kollege ging. Dürr machte einen sehr unruhigen Eindruck, und ich war der Meinung, daß er hören wollte, was ich mit meinem Kollegen sprach. Am gleichen Tage, Osterdienstag, den 11.4.1955, fuhr Dürr gegen 13.15 Uhr mit dem Zuge ab Leipzig-Hauptbahnhof nach Weißenfels. Schwester Hedi ist mit ihm gefahren. Ich habe sie nicht zum Zuge begleitet und nehme an, daß beide gefahren sind, denn so wurde mir gesagt. Von Dürr selbst habe ich erfahren, daß er jetzt bei der DHZ Abteilung Versand in Weißenfels tätig sei. Er ist geborener Oberschlesier, hat aber nach seinen Angaben in der Nähe von Stuttgart viele Jahre gewohnt. Er will im Okt. oder Nov. 1954 in die DDR gekommen sein. Seiner Aussprache merkt man den schwäbischen Dialekt an. Von meiner Schwägerin habe ich gehört, daß er gelernter Konditor sei.« Heinz Harald Brock unterschreibt seine Aussage und wurde darüber belehrt, »daß er von einem Untersuchungsorgan der Volkspolizei als Zeuge zur Sache gehört wurde und daß er sich bei wissentlicher oder fahrlässiger falscher Zeugenaussage nach dem Gesetz strafbar mache.« Außer Brock gibt eine Vielzahl besorgter Bürger solch sachdienliche Hinweise. Auch Joachim Dürr aus Weißenfels gerät ob dieser Aussage in die Fahndungslisten der Polizei. Doch all die Namen – zum Mörder des Hermann Beier führen sie nicht.

»Wenn ich gefragt werde, ob Beier irgendwelche Geburtstagsgeschenke erhielt, so erinnere ich mich lediglich, daß er von der Straßenbahnschaffnerin einen Blumenstock bekam. Den hatte sie geholt, als sie im Café erfahren hatte, daß er Geburtstag hat«, erinnert sich einer, der mit im Café *Lessing* gesessen hatte. Den Blumenstock hatten die Kollegen Hermann Beier mitgegeben, als sie ihn vom Café nach Hause brachten. Aber in Beiers Taxi fand sich ein liebevoll dekoriertes Päckchen mit ausgesuchter Unterwäsche. Wer schenkte Hermann Beier Intimwäsche moderner Machart?

Endlich offenbart sich der Chef der Taxigenossenschaft Herr Paul Heuer und gibt zu Protokoll, »daß der Beier ein Verhältnis mit einer gewissen Plehnert, Lotti, gehabt habe. Die stünde in keinem guten Ruf und brauche immer viel Geld, das sie zum Teil auch von Beier erhalten haben soll.« Die Plehnert wohne auf der Straße der DSF 45, meinte der Zeuge. Doch »es mußte festgestellt werden, daß eine Lotti Plehnert dort nicht bekannt ist. Über die Kreismeldekartei konnte in Erfahrung gebracht werden, daß eine Buchbindereiarbeiterin Charlotte Plehnert auf der Straße der III. Weltfestspiele 45 wohnhaft ist. Es wurde das Grundstück aufgesucht und festgestellt, daß dort die Genannte wohnt. Bei den Hausbewohnern konnte in Erfahrung gebracht werden, daß die Plehnert einen flotten Lebenswandel führt, sehr oft in den Gastwirtschaften sich aufhält, aber sonst einer geregelten Arbeit nachgeht … Die Hausbewohnerin und Hausfrau Grete Ludwig, die ebenfalls zwecks Information über die Plehnert aufgesucht wurde, erklärte, daß die Plehnert eine flotte Frau sei und gern trinken und rauchen würde. Sie habe ein Verhältnis mit einem Taxichauffeur, den sie sehr lieb habe. Der Chauffeur sei schon älter. Die Plehnert würde in ihrer Wohnung mit dem Sohn zusammen wohnen. Sie sei geschieden, der gesch. Ehemann sei ein anständiger Mensch und schon wieder verheiratet. Der Sohn der Plehnert sei ein arbeitsscheuer Mensch, er habe einige Jahre in Erziehungsanstalten zugebracht …«

Lotti Plehnert ist gut zehn Jahre jünger als Hermann Beier, und Lotti Plehnert leugnet nicht. »Ich kenne den Herrn Beier seit Mitte des Jahres 1948. Ich hatte mit Herrn Beier ein Liebesverhältnis und wir haben gelebt wie ein glückliches Ehepaar, wenn wir zusammen waren. Ich habe Herrn Beier im *Markranstädter Hof* auf der Str. der III. Weltfestspiele Nr. 47 kennen gelernt. Ich verkehrte oft in diesem Restaurant, weil ich alleine war und Zerstreuung brauchte. Auch die Taxichauffeure kamen oft dorthin, wenn sie Feierabend hatten. Wir sind fast täglich zusammen gewesen. Er kam auch oft zu mir in die Wohnung. Auch mein Sohn war in der Wohnung mitunter anwesend, wenn Herr Beier bei mir in der Wohnung war. Er nannte ihn Onkel Hermann. Das Verhältnis zwischen Herrn Beier und meinem Sohne war von Seiten des Herrn Beier nicht sehr herzlich, weil Herr Beier wußte, daß mein Sohn nicht gern arbeitete. Herr Beier hatte mir auch geraten, als mein Sohn wieder aus der Erziehungsanstalt kam, meinen Sohn nicht wieder bei mir aufzunehmen, sondern er sollte sich ein Zimmer mieten. Die Einstellung des Herrn Beier kannte mein Sohn aber nicht, daß ließ sich Herr Beier auch nicht merken. Herr Beier hat mir manches erzählt, was er in seinem Beruf als Taxifahrer erlebte. Wenn er mitunter eine interessante Fahrt gehabt hatte, das hat er mir dann immer erzählt. Wenn er die Möglichkeit hatte, hat er mir auch vor der Fahrt schon erzählt, wenn er eine besondere Fahrt machen mußte. Wenn er Nachtschicht hatte, und ich keinen Spätdienst hatte, kam er immer zu mir in die Wohnung, um Abendbrot zu essen ... Am Montag, den 14.2.55, gegen 17.30 Uhr, legte ich Herrn Beier in sein Auto in der Garage ein Päckchen. Es war ein Geburtstagspäckchen für ihn. Ich hatte es in Packpapier eingewickelt, mit einer Schnur zugeschnürt. Darin befand sich eine Herren-Untergarnitur und ein Fläschchen Eierkognak. Dann hatte ich noch hinein eine Gratulation gelegt und noch gebeten, daß er am Dienstagabend während seiner Fahrpause zu mir zum Essen kommen sollte. Außen machte ich ein Zettelchen dran, daß er das Päckchen erst 24.00 Uhr öffnen möchte, also zu Beginn seines Geburtstages. Ich weiß, daß das Päckchen von Herrn Beier geöffnet worden war, denn ich habe erfahren, daß er das Fläschchen Eierkognak getrunken hat.« Ein kleiner Trost: In der Mordnacht hat Hermann Beier noch an sie gedacht.

Charlotte Plehnert trauert tief und ehrlich um den Geliebten. Für die Ermittler ergibt sich eine Vielzahl neuer Spuren. Denn Lotti führt ein offenes Haus. Sie vermietet an Messebesucher, und sie hat Verständnis für Paare, die für ihre Liebe kein Obdach finden. Lotti stellt ihnen dafür schon mal eins ihrer Zimmer zur Verfügung. Für eine Anzahl von Lottis Gästen war das Taxi Hermann Beiers das Verkehrsmittel ihrer Wahl. Sehr oft nutzte Lottis Betten und Beiers Mitfahrgelegenheit ein Gottlieb Hahn. Der nächtigte dort mit Damen als auch jungen Männern, die er am Hauptbahnhof angesprochen hatte. Hermann Beier hatte zur Wohnung die Schlüssel, und Lotti arbeitete Schicht. War Hermann Beier nach seiner letzten Fahrt zu Lottis Wohnung unterwegs und fuhr dann weiter?

Lotti sagt: »Durch die Taxifahrer ist mir bekannt, daß Herr Hahn sehr viel mit dem Taxi fährt. Durch Herrn Beier wurde mir oftmals gesagt, daß der Herr Hahn nicht arbeitet, jedoch sehr viel Geld für sich verbraucht, da er immer Umgang mit fragwürdigen männlichen wie weiblichen Personen hat. Außerdem geht er stets auf die Pferderennbahn, um zu wetten. Über die familiären Verhältnisse des Hahn kann ich nicht viel sagen. Mir ist nur bekannt, daß er verheiratet ist und einen noch nicht schulpflichtigen Sohn hat. Allerdings kann es auch möglich sein, daß er von seiner Frau geschieden ist, da diese nicht mit ihm zusammen wohnt. Ob Herr Hahn irgendwelche Verbindungen nach Wahren hat, ist mir nicht bekannt«.

Charlotte Plehnert »brachte zum Ausdruck, daß sie nichts über den Aufenthalt des Hahn wüßte. Auch bei der Befragung am heutigen Tage sowie bei den vorangegangenen Vernehmungen hatte die Plehnert keine gefärbten Lippen. Sie bestreitet, sich die Lippen zu färben und behauptet, daß das weder Beier gewünscht habe noch sie selbst Gefallen daran hätte. Sie würde keinen Lippenstift besitzen. Dennoch wurde eine Besichtigung des Raumes vorgenommen, in dem Hahn seiner Zeit nächtigte, und es wurde festgestellt, daß dieser Raum jetzt als Schlafzimmer der Plehnert dient. Im oberen Schub wurde ein Lippenstift in Metallhülle vorgefunden. Die Plehnert erklärte hierzu, daß dieser Lippenstift von zwei Damen zurückgelassen worden sei, die zur letzten Leipziger Messe bei ihr geschlafen hätten. Die Namen dieser Messegäste seien ihr entfallen, könnten aber über die DKW-Reparaturwerkstätten, Str. d. III. Weltfestspiele, vom Einkäufer Berner oder Börner in Erfahrung gebracht werden. Der Letztgenannte habe dieses Messezimmer vermittelt. Da es sich bei dem Lippenstift nicht um Eigentum der Plehnert handelt und lediglich die Metallhülle mit einem kurzem Rest Farbstift, besteht die Möglichkeit, daß die Messebesucherinnen ihn als abgenützt zurückgelassen haben. Er wurde beigezogen, um zu klären, ob die Farbe identisch ist mit den Farbspuren an den Kippen in der Taxe.« Sie ist es nicht.

Drei Tage später treffen die Ermittler auf einen der Gesuchten. »Am heutigen Tage wurde der im Vorgang bekannt gewordenen Gottlieb Hahn in der Tschaikowskistr. 3 in seiner Wohnung aufgesucht und zwecks einer Befragung zur Dienststelle der MUK Leipzig bestellt. Bei einer kurzen informatorischen Befragung, wo auf den Kern der Sache noch nicht eingegangen wurde, vor der eigentlichen Vernehmung, äußerte Hahn, daß er schon wüßte, daß er wieder wegen seiner Betrugsgeschäfte zur Volkspolizei bestellt worden sei und daß er wahrscheinlich wieder von seinen *Gläubigern* angezeigt worden sei. Da mit größter Wahrscheinlichkeit eine strafbare Handlung des Hahn vorliegen mußte und angenommen werden mußte, daß ein Ermittlungsverfahren eingeleitet werden muß, wurde eine Beschuldigten-Vernehmung durchgeführt.«

Gottlieb Hahn ist Jahrgang 1907 und Mitglied der SED. Zweimal verheiratet, zwei Kinder. Zum Mordfall Beier gibt er zu Protokoll: »Ich kenne dort die ganzen Chauffeure von der Taxigenossenschaft. Ich war und bin mit einigen Taxichauffeuren befreundet … Auch mit dem Beier war ich befreundet gewesen. Der Beier war von allen der anständigste, obwohl auch er ein armes Schwein war. Lotti war verrückt nach Beier, dem wars zuviel, wenn die ihm so nachlief.« Hahn selbst arbeitete als Auktionator, hatte aber das Geschäft nach dem Tode des

Vaters nicht weiterführen können wegen Überfüllung des Gewerbes. Bislang lebte er vom Erbe. Auf Vorhalt gibt er zu, daß er betrog und aufgrund strafbarer Geschäfte im Gefängnis und im Arbeitslager saß. «Weil ich die in Aussicht gestellte Arbeit nicht bekommen habe, habe ich mir wieder Geld geborgt, ich habe den Schuldnern gesagt, daß ich etwas billig kaufen könne und dazu Geld benötige. Das Geld habe ich verbraucht und habe Toto-Lotto-Scheine gekauft, in der Meinung, dadurch zu einem größeren Gewinn zu kommen. Von dem Frisör Berger in Leipzig-Lindenau habe ich 600 DM geborgt, ich habe zu ihm gesagt, daß ich Kunstgegenstände habe, die so gut wie verkauft sind, und habe ihm dafür eine Gewinnbeteiligung zugesagt. Der Berger hat die Kunstgegenstände bei sich als Pfand. Die Gegenstände sind noch aus dem Nachlaß meines Vaters. Das Geld habe ich für mich verbraucht. Dann habe ich mir 875 DM geborgt von Hans Muschalla … Auch hier hatte ich zu ihm gesagt, daß ich auswärts etwas kaufen kann und kein Geld habe. Er hat mir sofort einen Scheck über 500 DM ausgeschrieben, und die Gastwirtin der Gastwirtschaft *Herrenkeller* im Hahnekamm hat mir das Geld ausgezahlt. Später habe ich mir nochmal 375 geborgt. Das hat mir die Wirtin dann gegeben, von ihrem eigenen Gelde. Sie brauchte einen Teppich für sich, und sie hat mir das Geld aber nicht für den Teppich gegeben, sondern sie hat mir das Geld für Einkaufszwecke geliehen. Ich hatte ihr gesagt, daß ich Kunstgegenstände kaufen wollte. Ich habe das Geld aber alles für mich verbraucht, ich habe mir auch Sachen dafür angeschafft. Zinsen wollten diese Leute von mir nicht haben. Dann habe ich mir für meine Armbanduhr von Karl Wille aus der Holzhäuserstraße geborgt … Es waren 70 DM. Ich habe außerdem noch kleinere Provisionsgeschäfte gemacht, hauptsächlich für Herrn Liebherr, wohnhaft Wettinerstraße 2.

Er war früher bei meinem Vater Angestellter, und jetzt hat er ein Antiquitätengeschäft. Ich habe für ihn aus Privatbesitz altes Porzellan gekauft, aus dem er wieder Services zusammenstellte … Auch habe ich von der Frau Selbmann Zinnteller und Zinnkannen gekauft. Die ich wieder an Liebherr verkauft habe. Die Frau Selbmann kenne ich schon längere Zeit, schon zu Lebzeiten meines Vaters …

Ich war schon am Montag, den 14.2.1955 bei der Frau Selbmann, sie heißt Eberhardine Selbmann und wohnt in der Eitigonstraße 2, III, re. Ich hatte sie am Montag , den 14.2.1955, gegen 19.00 Uhr in der Gaststätte *Fregestübchen* getroffen. Wir sind dann noch einige Stunden in einer anderen Gastwirtschaft gewesen und zwar in der Gaststätte *Schaffrath* in der Waldstraße. Es kann gegen 24.00 Uhr gewesen sein, als ich mit Frau Selbmann ihre Wohnung aufsuchte. Ich bin von der Nacht vom Montag zum Dienstag bis Donnerstag, den 17.2.1955, früh, bei der Frau Selbmann in der Wohnung gewesen. Ich bin Tag und Nacht dort geblieben und zwar den ganzen Dienstag und den ganzen Mittwoch. Ich habe die ganze Zeit die Wohnung der Frau Selbmann nicht verlassen. Am Dienstag, den 15.2.1955, bin ich den ganzen Vormittag im Bett bei der Frau Selbmann geblieben. Dann habe ich mit ihr, etwa gegen 15.00 Uhr, Mittag gegessen. Dann habe ich mich wieder ins Bett gelegt, weil wir am Montag gefeiert hatten. Es kann gegen 18.00 Uhr gewesen sein, als mir Frau Selbmann sagte, daß ich aufstehen müßte, weil gleich eine Freundin von ihr käme. Ich habe mich auch angezogen. Vorher war noch die ehemalige Stütze der Selbmann da, die noch für uns aus der HO zwei halbe Flaschen Likör und Schnaps brachte. Außerdem noch ein paar Flaschen Selterwasser. Das habe ich alles bezahlt. Es kann nach meiner Meinung gegen 19.30 gewesen sein, als die Frau Selbmann aus der Wohnung ging. Ich weiß nicht genau, warum sie wegging, ich glaube aber, daß sie etwas besorgen wollte. Sie kam etwa nach einer Stunde wieder zurück. Während dieser Zeit war ich mit einer Verwandten allein in der Wohnung der Frau Selbmann. Die Wohnung hatte ich nicht verlassen. Ich bin auch bis zum Mittwoch früh nicht aus der Wohnung gekommen. Ich bin auch noch den ganzen Donnerstag bei der Frau Selbmann in der Wohnung gewesen.« Gottlieb Hahn scheint ehrlich und steht zunächst nicht unter Verdacht. Und zu den geschilderten Wertmanipulationen liegen gegen ihn keine Anzeigen vor. Hahn kann tun und lassen, was er will. Und fast nebenbei erklärte er: »Die Lotti und der Hermann sollen sich auch in der letzten Zeit gezankt haben. Ich habe es von der Lotti und auch von Hermann erfahren. Es kann etwa vor 6 Wochen gewesen sein, als mich die Lotti bat, doch sie wieder mit dem Hermann zusammen zu bringen. Die Lotti ist ganz verrückt nach dem Beier gewesen. Es gelang mir auch, sie nach einigen Tagen wieder zusammen zu bringen. Beier hat mir aber mitunter erzählt, daß er es nicht leiden könne, wenn die Lotti ihm so nachläuft.« Wenn sich Hermann Beier von der Geliebten trennen wollte, so hatte Lotti ein Motiv. Hat sie die Polizisten angelogen, die trauernde Witwe nur gespielt?

Lotti Plehnert wird verhaftet. Nicht den Mord an Hermann Beier legt man ihr zur Last, aber Kuppelei und illegale Geldgeschäfte. Denn Gottlieb Hahn hat für seine Übernachtungen bei ihr bezahlt. »Es stimmt, daß ich in der vergangenen Zeit wiederholt bei der Plehnert mit anderen Personen war und auch verschiedentlich dort geschlafen habe. Ich gab ihr in diesen Fällen jeweils 10 DM, ohne daß sie aber von sich aus etwas dafür verlangt hätte. Ich möchte schätzen, daß es vielleicht ein Dutzend Mal gewesen sein wird, doch liegen die ersten Male zwei oder drei Jahre schon zurück. Ich erinnere mich an die letzten Besuche bei der Plehnert. Das kann im Januar 1955 gewesen sein, als ich mit einem Horst, etwa zwanzig Jahre alt, 1,80m groß, Beruf und Wohnung sowie weiterer Name nicht bekannt, dort bei der Plehnert war… Ich hatte mit dem Horst in der kleinen Kammer neben dem Wohnzimmer in der Wohnung der Mehnert geschlafen. Dann erinnere ich mich an einen zweiten Mann, einen gewissen Helmuth Thalbach blond, etwa 23-24 Jahre alt. Den kenne ich von meiner Haftzeit her. Ich hatte den Eindruck, daß er bisexuell war, denn er war ja auch verheiratet. Doch möchte ich erwähnen, daß Thalbach den Beier durch mich nicht kennengelernt hat, und ich weiß nicht, ob er ihn kannte. Der obengenannte Horst hingegen kannte durch mich den Beier, weil wir zusammen mit der Taxe des Beier gefahren sind, von der *Tante Anna* nach der Wohnung der Plehnert. An diesem Abend war auch der Beier mit in der Wohnung der Plehnert, als ich bei ihr war mit dem Horst. Dann erinnere ich mich an meinen Freund Jossip Wladimirowitsch. Die Plehnert war einmal verreist und Jossip und ich hatten Mädchen, so daß wir eine Unterkunft suchten. Weil ich wußte, daß der Beier die Schlüssel hat zur Wohnung der Plehnert, fuhren wir mit der Taxe zu Beier in die Wohnung. Beier kam mit und war dabei, als wir in der Wohnung der Plehnert mit den Mädchen waren. Jossip kannte zu dieser Zeit den Beier auch schon durch mich, auch die Plehnert… Es stimmt, daß ich dann einmal mit einer Margit Karl bei der Plehnert geschlafen habe. Das kann Ende Januar 1955 gewesen sein. Es war am Geburtstage der Karl, so daß man da datumsmäßig nachkommen könnte. Sie war etwa 25 Jahre alt und wohnte in der Wintergartenstraße, das zweite Haus links hinter dem Hotel *Continental*. Ob ich in diesem Fall der Plehnert Geld gegeben habe oder ob ich nur Schnaps mitbrachte oder was zu essen, weiß ich nicht mehr. Dann erinnere ich mich, das kann auch im Januar 1955 gewesen sein, als ich mit zwei Mädchen bei der Plehnert war, an einem Abend für einige Stunden. Da war noch ein anderer Mann dabei, doch kann ich mich an seinen Namen nicht erinnern, er muß in unserem Viertel wohnen. Ich ging mit dem Mädchen, das ich an diesem Tage hatte, in das Zimmer neben der Stube und hatte dort Geschlechtsverkehr. Was der andere während dieser Zeit machte, weiß ich nicht. Die Plehnert war an diesem Abend zu Haus. Das Mädchen, das ich hatte, hieß Renate und war 19 oder 20 Jahre alt. Ich weiß jetzt nicht mehr ob sich der andere Mann daran stieß, daß ich mit dem zweiten Mädchen auch was hatte, jedenfalls muß daraufhin der andere Mann weggegangen sein. Er muß wohl darüber verärgert gewesen sein … Dann liegt es schon längere Zeit zurück, als ich öfters mit der Erika Schulz bei der Plehnert war. Die Schulz war verheiratet und wohnt in der Friedrich-List-Sraße, nein, ich muß berichtigen, sie wohnt in der Hofmeisterstr., es muß rechts das zweite Hinterhaus im Erdgeschoß sein. Ich schätze, daß ich im Laufe der Zeit etwa 20 Mal mit der Schulz bei der Plehnert geschlafen habe, das heißt, ich hatte mit der Schulz Geschlechtsverkehr, doch war ich nicht immer die ganze Nacht dort … Zur gleichen Zeit kannte ich eine Herta, deren Familiennamen ich vergessen habe …« Namen über Namen. Doch der Verdacht eines Bordellbetriebes kann Charlotte Plehnert nicht nachgewiesen werden.

Drei Monate später möchten die Ermittler die Fingerabdrücke im Tatwagen mit denen Gottlieb Hahns abgleichen. Sicherheitshalber, um seine Täterschaft endgültig auszuschließen. Jetzt allerdings ist Hahn nirgendwo aufzufinden. Keiner hat ihn in letzter Zeit gesehen. Ist dieses Verschwinden eine Flucht und ein Eingeständnis seiner Schuld?

Auf Gottlieb Hahn konzentrieren sich die Ermittlungen. Die Gattinnen und seine Mutter müssen Auskunft geben. Auch Eberhardine Selbmann suchen die Ermittler auf. Die Witwe ist auf Gottlieb Hahn nicht gut zu sprechen. Denn Geld für Meißner Kaffee-Service und Zinnfiguren hat sie nie gesehen. Auch hatte er ihr die Ehe versprochen, zumindest vom Zusammenleben geredet. Aber Frau Selbmann »weiß bestimmt, daß Herr Hahn von Dienstag, den 15.2. mittags bis Donnerstag früh ununterbrochen in meiner Wohnung war, das kann ich beschwören. Am Dienstag-Abend war ich gegen 18.00 Uhr aus der Wohnung gegangen, um ein kleines Baby wegzubringen, was ich in Pflege hatte. Gegen 19.30 bin ich wieder zurück gewesen. Während meiner Abwesenheit war der Herr Hahn mit meiner Nichte zusammen in der Wohnung. Ich habe nachträglich meine Nichte gefragt, ob Herr Hahn in dieser Zeit weggewesen ist. Sie sagte mir, daß der Herr Hahn die Wohnung nicht verlassen hatte. Ich habe sie deswegen gefragt, weil dies der Kriminalangestellte wissen wollte. Herr Hahn hat sich während der Tage, wo er bei mir war, ein Bild sowie ein Kaffee-Service und einige Zinngefäße angesehen, die er nach einigen Tagen auch abholte, um sie für mich zu verkaufen. Er hatte zu mir gesagt, daß er für einige Tage weg müßte, er würde dann aber wiederkommen und mir das Geld für die verkauften Gegenstände bringen. Bis heute hat er sich bei mir aber noch nicht wieder sehen lassen.« Fest steht, Gottlieb Hahn hat für die Tatzeit des Mordes ein Alibi. Ob Witwe Eberhardine Selbmann Bräutigam und Wertgegenstände je wieder sah, darüber sagt die Akte nichts.

Eine Zeugin »gibt an, gesprächsweise vor einiger Zeit, den Tag könne sie nicht genau nennen, erfahren zu haben, daß die ihr bekannte Kranführerin Alexia Grüger in einer Gaststätte einen Bahnhofsfriseur gesehen habe, und dieser hätte sich geäußert, er habe Beier kurz vor der Tat vom Hauptbahnhof mit einem jungen Mann wegfahren sehen.« Ein Hinweis auf auf Horst, Hahns Liebhaber? Die Polizei sucht den jungen Mann. Er heißt Horst Kraft, ist 19. »Bis zum 15.3.1954 befand ich mich im Jugendwohnheim in der Bucksdorffstr. Nr. 43. Ich bin auf eigenen Wunsch hin aus dem Heim gegangen. Ich nahm mir ein Zimmer in der Lipsiusstr. 16. Ich kam 1950 aus der Grundschule und lernte Stahlbauschlosser. Ich habe nicht ausgelernt, weil mir die Arbeit zu schwer war. Ich ging dann als Markthelfer und ungelernter Arbeiter. Meine letzte Stelle war beim Konsum auf der Zwickauer Straße, Großmarkthalle. Ich war dort als Warenverteiler tätig und verdiente wöchentlich 50 DM netto. Dort wurde ich am 1.3.1955 entlassen. Mein letzter Arbeitstag war der 10.12.1954. Ich nahm erst erst vom 10.12. bis 3.1.55 Urlaub, dann machte ich Krankenkasse. Ich war magenkrank und bei Dr. Lemke in der Pfaffendorfer Straße stand ich in Behandlung. Zur Krankenkasse bin ich nicht gegangen, um Krankengeld abzuholen, weil ich am 7.1.1955 etwa nach West-Berlin ging. Interzonenpapiere besaß ich nicht. Ich war nur zwei Tage in Berlin und kehrte dann nach Leipzig zurück. Das Fahrgeld hatte ich noch von meinem Unterhalt bezahlt. Ich kam ohne Geld wieder. Seit dieser Zeit lebe ich von Männerbekanntschaften. Ich bin homosexuell. Ich verlange nichts dafür. Ich erhalte im Durchschnitt 3-5 DM. Ich onaniere bei anderen und bekomme dafür das Geld. Ich schätze, daß ich jeden dritten bis vierten Tag mir auf diese Weise Geld verdient habe. Am 26.2.1955 habe ich mein Zimmer in der Lipsiusstr. aufgegeben. Seit dieser Zeit halte ich mich nachts meist auf dem Hauptbahnhof in Leipzig auf.« An den Geschlechtsverkehr mit Hahn in der Wohnung von Lotti Plehnert kann Horst sich erinnern. Auch Hermann Beier kennt er. Für den Tattag gibt

Horst an: »Am Dienstag war ich beim Zirkus Aeros in der Reklameabteilung vormittags und gab den Personalbogen ab, den ich am Vortag bekommen hatte. Dann ging ich wieder zurück auf den Hauptbahnhof. Ich besaß zu dieser Zeit noch 20 Pfennige in Bar. Für dieses Geld holte ich mir vier Brötchen. Dann saß ich bis zum Abend dort. Dann ging ich wieder runter auf den Hauptbahnhofsvorplatz ... Ein Mann sprach mich an und fragte mich, ob ich Feuer hätte. Ich gab ihm Feuer, und er bot mir eine Zigarette an. Dann lud er mich ein zu einem Glas Bier. Das Bier tranken wir in der Mitropa. Ich schätze, daß das gegen 19.00 Uhr war. Dann ging ich mit ihm aus dem Hauptbahnhof in Richtung Jacobstr. Wir liefen ins Rosenthal. Dort haben wir gegenseitig onaniert. Er gab mir dafür dort im Rosenthal 2,75 DM. Er gab mir erst 2,50 DM und dann noch Straßenbahngeld, damit ich den Betrag nicht gleich anzureißen brauchte. Wir trennten uns gegen 20.30 Uhr am Heimatmuseum Ecke Friedrich-Engels-Platz (Goerdeler-Ring) und Dr.-Kurt-Fischer-Str. (Pfaffendorfer Straße). Dort hatte sich der Mann von mir verabschiedet und rannte weg. Er sagte, daß er mit der Bahn weg muß. Ich bin wieder zurück zum Hauptbahnhof gegangen. Ich kaufte mir an den Mitropaständen was zu essen. Ich kaufte mir Wurstbrötchen und ging wieder in den Saal. Dort im Saal hatte mich ein junger Bursche angesprochen, und er fragte, ob ich nicht einmal einen Groschen hätte für zwei Brötchen. Ich gab ihm 20 Pfennig und ein Brötchen ... Ich habe ihn nicht wieder gesehen. Dann habe ich dort am Tisch geschlafen.« Horst Kraft war in der Nähe der Taxizentrale, er war in der Näher der Wohnung Charlotte Plehnerts. Aber auf dem Hauptbahnhof wurde er gesehen. Horst hat ein Alibi.

»Am 3.6., gegen 9.00 Uhr erscheint an Amtsstelle die Witwe Martel Beier und überbringt die im Fahrzeug vorgefundene neue Garnitur Unterwäsche mit dem Hinweis, erfahren zu haben, daß diese Garnitur ihr Ehemann von der Plehnert geschenkt bekommen habe, und sie keinesfalls diese Garnitur in ihrer Wohnung haben möchte. Sie bittet darum, der Plehnert diese Garnitur auszuhändigen.« Überhaupt habe diese Lotti Plehnert den Mut, Kränze und Blumen auf das Grab ihres ermordeten Gatten zu stellen. Sie habe diese Pietätlosigkeiten auf den Kompost geworfen, sagt Martel Beier.

Die Spuren scheinen erloschen. Allen Hinweisen sind die Kriminalisten nachgegangen, haben unter den Kollegen, Verwandten und Freunden recherchiert, haben im Stricher- und Torf-Milieu, unter Prostituierten und Republikflüchtigen, in allen Kneipen und unter den Angestellten und Nutzern des öffentlichen Nahverkehrs ermittelt. Asoziale wie Gutsituierte, Beamte wie Tagelöhner, so nur die Möglichkeit einer Verwicklung in die Tat bestand, wurden befragt, ihre Alibis geprüft. Immer wieder haben die Ermittler geglaubt, heißen Spuren zu folgen. Sämtliche Spuren sind erkaltet. Der Mordfall Hermann Beier wird nicht zu den Akten gelegt, aber fast alle Kräfte werden von ihm abgezogen. Die Ermittlungen würden wieder aufgenommen, wenn sich eine neue Faktenlage ergäbe.

Zweieinhalb Jahre später ergibt sich diese neue Faktenlage. Die *Berliner Zeitung* meldet am 26. Juli 1957: »Mörder in Berlin gefaßt! – Zweieinhalb Jahre suchte die ›Volkspolizei‹ vergeblich nach dem Mörder des Leipziger Taxifahrers Beier. In der Nacht zum 16. Februar 1955 war Beier gefunden worden. Tot. Erdrosselt hinter dem Lenkrad seines Autos. Von den Mördern aber fehlte jede Spur. Gestern wurde einer von ihnen verhaftet. Es ist der 35jährige Joachim Dürr, der mit seiner Frau in einem Flüchtlingslager lebt. Wie konnte die Polizei nach zweieinhalb Jahren seine Spur finden? So geschah es! Damals, kurze Zeit nach dem Verbrechen, war Dürr nach Westberlin geflüchtet. Er beantragte seine Anerkennung als politischer Flüchtling. Der Antrag wurde abgelehnt, dennoch wurde Dürr mit einem Flugzeug nach Westdeutschland gebracht. Zu diesem Zeitpunkt wußte noch niemand in Westberlin oder im Bundesgebiet von dem Mord in Leipzig. Die ›Vopo‹ hatte ihn verschwiegen. Erst im November, neun Monate nach dem Verbrechen schickte sie plötzlich ein Fahndungsersuchen nach Westberlin. Es enthielt 13 Namen. Namen von Leuten, die kurz nach dem Verbrechen aus Leipzig verschwunden waren und nun von der ›Vopo‹ verdächtigt wurden. Nach und nach ging die Westberliner Polizei diese Namensliste durch. Erst fünf, dann acht, dann zehn Leute schieden aus. Sie kamen als Mörder nicht in Frage. Übrig blieben drei, unter ihnen Joachim Dürr. Wo war er? Vergeblich begann die Westberliner Polizei nach ihm zu fahnden. Er war wie vom Erdboden verschwunden. Heute erst ist das Rätsel gelöst. Joachim Dürr, von der ›Vopo‹ als Mordverdächtiger gesucht, war in die Sowjetzone zurückgegangen. Unter seinem richtigen Namen. Und niemand hatte ihn verhaftet. Zuletzt wohnte er in Schmachtenhagen bei Oranienburg. Ende der vergangenen Woche schließlich flüchtete er zum zweiten Male nach Westberlin. Und hier ging er der Polizei ins Netz. Am Dienstag wurde er im Flüchtlingslager am Askanischen Platz festgenommen. Ein stundenlanges Verhör im Polizeipräsidium begann. So endete es: *Ich war dabei, als der Mord geschah, aber ich bin nicht der Mörder. Ein anderer tat es.* Wer? wollten die Kriminalbeamten wissen. Joachim Dürr schwieg. Er will die Namen seiner Mittäter nicht nennen. Sind es die letzten beiden auf der Fahndungsliste der ›Vopo‹? Leben sie vielleicht heute noch in der Sowjetzone oder sind sie auch nach Westberlin gekommen? Dürr blieb die Antworten auf diese Fragen bisher schuldig. Nur eins berichtete er noch: *Ich habe von der Beute nichts abbekommen. Die anderen haben es sich geteilt.* Heute vormittag will sich die Berliner Mordkommission an der Sektorengrenze mit der ›Vopo‹ treffen. Anschließend soll das Verhör mit Joachim Dürr fortgesetzt werden.« Und wirklich hat Joachim Dürr den Mord an Hermann Beier gestanden.

»Der Taxifahrer war ca. 40 Jahre alt und fuhr eine schwarze Taxe. Außer mir waren noch drei andere Männer dabei. Wir haben im *Felsenkeller* in Leipzig gesessen und getrunken. Die Männer wollten nach dem Bahnhof fahren. Die drei sind mir fremd gewesen. Vorne saß ein dicker Mensch, mit drei Mann saßen wir hinten. Ich saß an der rechten Seite. Am anderen Morgen habe ich am Bahnhof gelegen. Wo die Männer geblieben sind, weiß ich nicht. Ich muß irgendwie angetrunken gewesen sein. Ich bin auf sowas nicht gefaßt gewesen, ich weiß nur, daß sie mich mitgenommen haben. Die sagten zu mir, sie brauchen Geld. Gesehen habe ich, daß sie ihn angegeriffen und am Hals gewürgt haben. Der eine sagte zu mir: *Du kriegst was ab*, aber sie haben mir nichts gegeben. Der Schofför hat es in der Brieftasche gehabt.

Frage: Fuhr die Taxe oder hielt sie?

Antwort: Das muß beim Aussteigen gewesen sein.

Frage: Wo habt ihr gehalten?

Antwort: Ich kenne ja Leipzig nicht so. In einer Straße muß es ja gewesen sein.

Frage: Was war das für eine Zeit, als es passierte?

Antwort: Gegen Abend, so gegen 9 oder 1/2 10 Uhr.

Frage: Wo seid ihr denn anschließend hingegangen?

Antwort: Ich bin mit den nicht zusammengekommen. Ich bin in Leipzig auf den Bahnhof gegangen.

Frage: Wo habt ihr euch getrennt?

Antwort: Wie die Straße heißt, weiß ich nicht mehr. Um mich hat sich niemand mehr gekümmert, die sind abgehauen und ich stand alleine da.
Frage: Hat der Taxifahrer noch um Hilfe gerufen?
Antwort: Geschrien hat er, aber ich bin dann gleich aus der Tür raus und weggelaufen, wo die ihn angegeriffen haben. Der nebenan gesessen hat, muß Autofahren können und da hat er die Taxe angehalten, er muß wohl auf die Bremse getreten haben.
Frage: Sind Fensterscheiben beim Auto kaputt gegangen?
Antwort: Ich glaube die Vorscheibe.
Frage: Haben sie gesehen, ob Blut geflossen ist?
Antwort: Ich bin so weggelaufen, wie die Taxe gestanden hat.
Frage: Können sie sich noch an den *Felsenkeller* erinnern?
Antwort: Da war ein Fest gewesen, die hatten Hüte auf und Trachten. Ich habe in der Ecke gesessen und da kamen die zu mir und haben sie mir gesagt, ob ich mitkäme. Ich sagte ja, weil ich ja sowieso fremd war. Die haben mich mitgenommen und eine Taxe angehalten.
Frage: Wo seid ihr eingestiegen?
Antwort: Das muß beim *Felsenkeller* gewesen sein.
Frage: Sind sie zusammen aus dem Lokal gegangen?
Antwort: Die sagten ja, wir fahren mit der Taxe weg. Ich mußte erst meinen Mantel holen. Ich bin mit eingestiegen. Ich saß hinten rechts in Fahrtrichtung. Wir waren hinten drei und einer vorne.
Frage: Wie lange sind sie gefahren?
Antwort: Ein Stück sind wir gefahren. Neben mir saßen zwei Untersetzte und der Dicke vorne. Die haben mich eingeladen zum Trinken. Ich bin zum Tanzen im *Felsenkeller* gewesen. Die Leute sind mir vollständig fremd gewesen.
Frage: Wie alt ungefähr waren die Männer?

Antwort: In die 1930er oder 1940er Jahre. Der Dicke hat das Fahrziel angegeben, dann sind wir rausgefahren. Dann haben die beiden hinten gesagt, wenn ich mitkäme, würde ich Geld kriegen.

Frage: Was hatte der Taxifahrer an?

Antwort: Schwarze Jacke, schwarze Mütze.

Frage: Hat er eine Brille getragen?

Antwort: Ob er eine Brille getragen hat, weiß ich nicht. Der vorne hat gesagt, wir bleiben hier stehen und hat auf die Bremse getreten. Der Fahrer muß schon etwas mitbekommen haben. Es muß irgendwie ein Park gewesen sein. Bäume habe ich gesehen. Häuser standen auch da. Es war dunkel gewesen. Der Taxifahrer muß wohl irgendwie Bedenken gehabt haben und der Dicke hat auf die Bremse getreten. Die beiden von hinten haben ihn geschnappt. Sie müssen ihn am Hals gepackt haben. *Los komm, der hat bestimmt Geld in der Tasche*, sagten die beiden hinten. Die müssen blank gewesen sein. Jedenfalls haben die beiden ihn geschlagen. Der Dicke hat ihn wohl rausgeschmissen, nachher. Der hatte wohl einen Schlagring bei sich, von den beiden hinten. Ich habe sowieso schon Angst gehabt mitzufahren, ich habe mir gar nicht getraut mitzufahren. Ich bin aus der Taxe rausgestiegen und bin davon gelaufen, nachhher.

Frage: Wann, zu welcher Zeit?

Antwort: Wo sie ihn geschnappt haben.

Frage: Außerhalb der Taxe?

Antwort: Ja, was sie gemacht haben, weiß ich nicht. Ich bin weggelaufen und bin am Bahnhof gelandet.

Frage: Wie wurde das Geld verteilt?

Antwort: Ich habe vom Geld nichts gesehen.

Frage: Wie haben sich die Leute mit dem Vornamen genannt?

Antwort: Wenn ich Ihnen das sagen soll. Ich habe die bloß im Lokal kennengelernt.
Frage: Als Sie wegliefen, was machten die anderen drei gerade?
Antwort: Die beiden hinteren waren scharf auf das Geld, die sagten, wir nehmen uns das Geld und laufen weg.
Frage: Was hat der vorne gemacht?
Antwort: Das weiß ich nicht, ich bin weggelaufen.«

Später fallen die Namen Gerhard Mehnert und Babowski, der am Bahnhof Nikolai genannt wurde. Der Mordfall Hermann Beier scheint gelöst. Diese Verhaftung wird in den Hochzeiten des Kalten Krieges vor allem in der Frontstadt Westberlin medial ausgeschlachtet. Erst »am 10.1.1958 wurde Dürr von der Westberliner Kriminalpolizei an das Präsidium der VP in Berlin übergeben, und somit der MUK Leipzig zwecks weiterer Ermittlungen gegen Dürr ausgeliefert. Der Genannte wurde am 11.1.1958 nach Leipzig in die UHA überführt. Dabei wurde festgestellt, daß Dürr sich in einem vollkommen verlausten und verwahrlosten Zustand befand. Der Häftling machte den Eindruck eines nervenkranken Menschen, er stotterte und sein Verhalten war das eines Menschen mit Schüttellähmung.« Und in Leipzig widerruft Joachim Dürr sein Geständnis sofort: Er beharrt darauf, daß er »nichts mit dem Mord an dem Taxifahrer zu tun habe. Ich bin noch nie mit einer Taxe gefahren. In Leipzig bin ich nur mit dem Mann, bei welchem die Dorle Leikauf gewohnt hat, mit einem Auto gefahren. Wenn mir gesagt wird, daß ich vor der Westberliner Kriminalpolizei angegeben habe, mit noch drei anderen Personen in der Taxe des Taxifahrers gefahren zu sein, muß ich erklären, daß man mich damals dort vollkommen fertig gemacht hat, und ich das zugegeben habe, um meine Ruhe zu haben. In Moabit hatten mir die Häftlinge gesagt, ich solle doch immer ja, ja sagen, dann hätte ich auch meine Ruhe.

Frage: Wie kommt es, daß sie bei der Westberliner Kriminalpolizei angegeben haben, in Leipzig im *Felsenkeller* mit drei anderen männlichen Personen gezecht und dann eine Taxe bestiegen haben und der Taxifahrer von diesen drei Personen überfallen worden sei?
Antwort: Ich kann Ihnen nur eins sagen, daß ich in Leipzig den *Felsenkeller* überhaupt nicht kenne.
Frage: Wie kommt die Westberliner Kriminalpolizei dazu, in den Protokollen zu schreiben, daß Sie im *Felsenkeller* gewesen sind?
Antwort: Die Kriminalpolizisten haben mich gefragt, ob ich nicht einmal im *Felsenkeller* gewesen bin. Da muß ich irgendwie ja gesagt haben, aber wo der *Felsenkeller* ist, weiß ich nicht. Ich habe auch zu den Kriminalisten gesagt, daß ich ihnen alle Gaststätten zeigen könnte, die ich in Leipzig kenne. Einen Menschen umbringen, so einen armen Schlucker, wegen so ein paar Pfennigen, das würde ich nie machen, da lieber würde ich in ein Geschäft gehen und dort anständig fragen, ob ich nicht etwas bekommen könnte, da ich erwerbslos bin.
Frage: Sie geben in Ihrer Vernehmung vor der Westberliner Kriminalpolizei an, daß eine der Personen, die mit in der Taxe gesessen hat, ein Seil von hinten über den Taxifahrer weggeworfen hat und zugezogen hat, wie konnten sie das sagen, wenn dies nicht der Wahrheit entspricht?
Antwort: Ich weiß nicht, wie ich so etwas sagen konnte, es ist doch gerade so, als wenn man ein Gewohnheitsverbrecher wäre, wie viele andere.
Frage: Sie geben in ihrer Vernehmung vor der Westberliner Kriminalpolizei an, daß Sie mit einem Babowski und einem Gerhard Mehnert ein Lokal besucht hatten. Mit diesen beiden Personen haben Sie eine Taxe auf der Straße angehalten und sind

mit dieser ein Stück gefahren. Der Gerhard soll vorn neben dem Fahrer gesessen haben, während Babowski und Sie hinten saßen. Der Babowski soll dann den Strick über den Kopf des Fahrers geworfen haben. Stimmt das?
Antwort: Ich kann nur sagen, daß ich mit der ganzen Sache nichts zu tun habe. Ich bleibe auch dabei, daß ich zur Fastnachtszeit im Jahre 1955, wie bereits angegeben, in dem Krankenhaus in Halle oder Magdeburg gelegen habe.«

Wer ist dieser Joachim Dürr? »Ich bin 1922 in Breslau geboren«, sagt er, »meine Eltern kenne ich nicht. Ich kann mich erinnern, daß wir als Kinder von den Eltern weggeholt wurden. Wann das gewesen ist, weiß ich nicht. Wir sind mehrere Geschwister gewesen, wieviel es waren, weiß ich nicht. Ich kann mich noch erinnern an einen Bruder, welcher Manfred hieß und mich im Waisenhaus besuchte. Ich weiß noch, daß in dem Heim mehrere Kinder waren. Als ich ins Heim kam, muß ich noch sehr klein gewesen sein und ich weiß nicht, warum ich in das Heim gekommen bin. Ich bin in dem Ort, wo sich das Heim befand, in die Schule gegangen. Ich bin nur bis zum dritten Schuljahr in der Schule geblieben, weil ich nicht rechnen, lesen und schreiben konnte. Nach meiner Schulentlassung habe ich in einem Garten gearbeitet und habe immer schöne Blumenbeete angelegt. Vom Waisenhaus mußte ich in einem Betrieb arbeiten, wo Gurken eingelegt werden. Ich mußte die Büchsen mit Gurken immer wegtragen. Ich muß schon über 14 Jahre alt gewesen sein, das genaue Alter weiß ich nicht mehr, als ich in eine Heil- und Pflegeanstalt nach Lüben/Schles. gebracht wurde. Ich wurde deshalb in die Anstalt gebracht, weil ich, wenn ich nicht schlafen konnte, mit dem Kopf gegen die Wand stieß. Ich weiß noch, daß der Arzt in der Heil- und Pflegeanstalt immer Hasenpfötchen zu mir sagte. In der Heilanstalt bekam ich Spritzen und kleine Tabletten. Meine Krankheit wurde dann immer schlimmer, und der Prof. sagte zu mir, daß sie nichts mehr machen könnten, ich müßte in die Heil- und Pflegeanstalt Leubus/Schles.

Meine Krankheit äußerte sich darin, daß ich oft umfiel und wie schon zuvor geschildert, mit meinem Kopf gegen das Brett am Bett stieß. In Leubus war ich auch eine ganze Zeit. Während des Krieges, das Jahr kann ich nicht genau sagen, wurden wir Kranken in Leubus zusammengetrieben und in das KZ Sachsenhausen gebracht. Als Zeuge, daß ich im KZ Sachsenhausen war, kann ich den Waldemar Karsunke aus Hamburg angeben. Ich weiß nicht genau, ob es von Lübben aus war, als ich zum Arbeitsdienst kam. Wir sind dann hingekommen, und da fing ich dann wieder an mit der Sache. Dann wurde ich untersucht von Militärärzten, die sagten, daß ich untauglich sei und wieder zurück in eine Heilanstalt müßte. Ich kam in ein Schloß bei Leubus, wo lauter Nervenkranke lagen. Von dort kam ich dann nach Sachsenhausen. In Sachsenhausen war ich dann ein paar Jahre, von wann an, das weiß ich nicht. Ich mußte mit anderen Insassen in einem großen Kabelwerk in Berlin arbeiten. Dort wurde ich durch Bombenangriffe in einem Keller verschüttet. Erst nach drei Tagen wurden wir dort gefunden. In der Heilanstalt Lüben bin ich damals sterilisiert worden. Durch die Sowjetarmee wurden wir dann aus dem KZ befreit. Ich weiß noch, daß ich von einer Familie aufgenommen und gepflegt wurde. Das ist eine große Familie gewesen, wo ich war, weiß ich jetzt nicht.

Es muß 1950 oder 1951 gewesen sein, als ich in Bad Gandersheim wohnte. Dort lernte ich auch den Kleinen kennen, der dorthin gezogen war. Er hieß Helmut Bräsicke und hat dort auch Fußball gespielt. In Bad Gandersheim gab es viele Arbeitslose, so daß ich stempeln gehen mußte. Ich habe nebenbei bei den Leuten Holz gehackt oder den Garten umgegraben, wofür ich Essen bekam. Als ich Helmut kennenlernte, war ich noch nicht verheiratet. Später habe ich Notstandsarbeiten verrichtet, zu dieser Zeit war Helmut weggezogen, diesen hatten sich die Fußballer mitgenommen. Weil es in Bad Gandersheim keine Arbeit gab, bin ich dann nach Goslar gezogen. In Goslar habe ich in einer großen Bergmannssiedlung gewohnt. Ich wohnte dort bei einer Frau mit mehreren Kindern. Die Frau war Kriegerwitwe. Die Frau hat für mich gesorgt, ich habe mein Kostgeld abgegeben und bin arbeiten gegangen. Ich bin dort beim Straßenbau und auf dem Bau gewesen.

Ich habe immer in Goslar gewohnt, nur als ich arbeitslos wurde, bin ich in die DDR gefahren. Ich glaube es muß 1954 im Herbst gewesen sein, als ich mit einem Autofahrer, der in Weißenfels Schuhe holte, in die DDR gefahren bin. Den Namen des Autofahrers weiß ich nicht. Ich wollte erst wieder nach Westdeutschland fahren. Dann sah ich aber, daß es in der DDR viel Arbeit gab, und so blieb ich da. Erst habe ich beim Konsum gearbeitet, wo ich Gemüse ausfuhr. Im Konsum wurde ich entlassen. Es kam dort einer hin, der immer viel getrunken hatte, da habe ich mitgetrunken, und weil ich verschiedene Male fehlte, wurde ich entlassen. Ich habe dann in einem Betrieb gearbeitet, wo es viele Stoffe und Handtücher gab. Weil ich dort wieder getrunken habe, wurde ich auch dort entlassen. Auch in einer Spedition in Weißenfels habe ich gearbeitet. Ich habe dort jemand geholfen Möbel rücken. Das müssen die Leute im Betrieb erfahren haben, ich hatte an diesem Tag nicht gearbeitet bzw. ich hatte mir freigeben lassen. Ich wurde auch dort wieder entlassen. Ich habe mich während meiner Tätigkeit im Betrieb oft von Kollegen verleiten lassen und habe getrunken. Das sind viele gewesen. Die Namen der Kollegen kenne ich nicht. Einen von den Kollegen kenne ich noch, soviel ich mich erinnern kann, hieß er mit dem Vornamen *Heinz*…

In Weißenfels habe ich zwei Frauen kennengelernt. Die eine hieß Hedi Auermann, und die andere mit dem Vornamen Resi, den Nachnamen weiß ich jetzt nicht. Die Resi hatte mir noch Geld geliehen, damit ich mir Sachen kaufen konnte. Wir wollten erst zusammen bleiben, aber weil ich nicht katholisch war, sagte sie, das ginge nicht. Ich hatte anständig gefragt, und da hat sie mir das Geld angeboten. Es waren ein paar hundert Mark, es war ja alles so teuer. Sie hatte zu mir gesagt, wenn wir zusammen blieben, bleibt es ja doch in der Familie. Vor der Hand konnte ich das Geld nicht zurückzahlen, dann habe ich mich aber verpflichtet, ihr das Geld zurückzuzahlen, wenn ich bei der Spedition Geld verdient habe. Ich konnte auch später das Geld nicht zurückzahlen, und als die Treidler, mein Hauptmieter in Weißenfels, sagte, es wäre für mich besser, wieder nach Westdeutschland zurück zu fahren, bin ich dann auch wieder gefahren.

Nach Weihnachten 1954 habe ich in einem Krankenhaus in Weißenfels gelegen. Ich kam eines Tages nach Hause, frühmorgens, als ich plötzlich einen Schlag bekam und hingestürzt bin. Ich hatte eine schwere Gehirnerschütterung und wurde in ein Krankenhaus gebracht. Ich glaube, es war nach Neujahr, als ich dort wieder entlassen wurde. Nach meiner Entlassung hatte ich noch Schonzeit, und ich wurde vorher mit dem Krankenwagen nach Hause gebracht. Ich konnte noch nicht wieder richtig laufen. Ich bin noch zu Hause eine Zeitlang geblieben, weil ich noch nicht richtig gesund war. Ich weiß nicht genau, welche Stadt es war, ob es Halle oder Magdeburg war, wo ich dann hingefahren bin. Ich hatte von einem Kranken, der mit mir im gleichen Saale im Krankenhaus in Weißenfels lag, einen Zettel mit seiner Adresse bekommen. Ich hatte ihm gesagt, daß ich allein stehe, worauf er mich aufgefordert hatte, ihn einmal zu besuchen. Ich fuhr in diese Stadt. Ich weiß, daß oben vom Bahnsteig aus ein großer Wartesaal zu betreten war. Wenn man die Treppen herunterkam vom Bahnsteig, mußte man einen Gang entlang gehen, um zu der Sperre zu gelangen. Wenn man durch die Sperre gegangen war, befanden sich auf beiden Seiten Fahrkartenschalter, die meisten befanden sich auf der linken Seite. Wenn man von den Schaltern nach hinten ging, war noch ein kleiner Wartesaal. Als ich den Bahnhof verlassen hatte, bekam ich auf der Straße solche Nierenschmerzen, ich glaube, weil ich nicht austreten war. Auf der Straße bin ich dann zuammenbegrochen. Ein paar Leute oder ein Schutzmann hatten angerufen und mit einem Roten-Kreuz-Wagen wurde ich in das Krankenhaus geschafft. Ich bin ins Bett gebracht worden, und da kamen dann zwei Männer zu mir ans Bett und fragten nach meinen Personalien. Ich glaube, die Männer hatten blaue oder schwarze Uniformen an, ich kann mich aber genau erinnern, daß die Achselklappen rote Ränder hatten. Im Krankenhaus bin ich ganze paar Tage drin gewesen. Über acht Tage, glaube ich, müssen es gewesen sein. In dem Krankenhaus wurde ich auch am rechten Oberarm operiert, wo ich schon seit längerer Zeit eine Geschwulst hatte. Nach meiner Entlassung aus dem Krankenhaus bin ich zum Bahnhof, um nach Weißenfels zurückzufahren. Da ich kein Geld hatte, bin ich zur Inneren Mission. Dort blieb ich über Nacht und schlief in einem Liegestuhl. Durch die Kälte hatte ich wieder Schmerzen bekommen und bin in ein kleines katholisches Heim gegangen. Dort in dem Heim habe ich auf dem Sofa gelegen und dann wurde ich in eine große Klinik gebracht. Wie die

Klinik hieß, weiß ich nicht, ich weiß nur, daß es ziemlich weit draußen war. Ich bekam in der Klinik eine Spritze und dann wurde ich auf ein Zimmer gebracht. Am anderen Morgen wurde ich in eine Baracke gelegt bzw. in einen niedrigen Ziegelbau, dort sollte ich dann behandelt werden. Dort muß ich dann drei oder vier Tage gewesen sein. Weil mir ein Patient erzählte, daß bei der Behandlung lange Stäbe in das Geschlechtsteil gesteckt werden, habe ich Angst bekommen und ließ mich auf eigene Verantwortung entlassen. Ich weiß nicht genau, wann ich nach der Stadt gefahren war, ich weiß aber, daß es im Februar war, als ich in den Krankenhäusern gelegen habe.

Ich weiß das deshalb so genau, daß es im Februar war, als ich im Krankenhaus lag, weil die anderen Patienten sagten, daß die anderen Rosenmontag feiern, und wir liegen im Krankenhaus. Die Reinemachfrauen kamen auch mit Papierhüten durch den Saal. Ich kann mich noch erinnern, daß ein junger Bursche neben mir lag, der eine Blinddarmoperation hatte, und ein kleiner Junge, der Peter hieß und einen Beinbruch gehabt hatte. Auch Aschermittwoch habe ich noch im Krankenhaus gelegen. Nach der Entlassung aus dem Krankenhaus bin ich nach Weißenfels zurück gefahren. Der Herr Treidler fragte mich, wo ich gewesen war, worauf ich ihm alles erzählte. Herr Treidler sagte noch, wieso ich überhaupt da unten in das Krankenhaus komme. Ich muß ihm auch gesagt haben, wo ich im Krankenhaus gelegen habe. In Weißenfels habe ich dann wieder gearbeitet. Bis zum Juni 1955 bin ich noch dort gewesen.

Ich weiß nicht genau, wann es war, ich muß zu dieser Zeit wieder einmal arbeitslos gewesen sein, als ich nach Leipzig fuhr, weil man mir gesagt hatte, daß man dort Arbeit bekommen könne. Als ich in Leipzig aus dem Bahnhof kam, traf ich auf dem Bahnhofsvorplatz die Frau des Helmut Bräsicke,

Annelies Bräsicke. Wir unterhielten uns, und die Annelies sagte auf meine Frage, daß der Helmut bei einer Möbeltransportfirma arbeiten würde. Ich bin dann mit ihr zusammen in ihre Wohnung. Sie wohnten in der Nähe eines Fußballplatzes, es ging ganz weit raus. In der Nähe der Wohnung befand sich ein Fluß. In Leipzig habe ich auch eine Frau kennengelernt, mit der ich die ganze Zeit ein Verhältnis hatte. Sie arbeitete damals im Parkhotel gegenüber des Hauptbahnhofes. Später, als unser Verhältnis auseinander ging, arbeitete sie bei der Mitropa. Ich wohnte weiterhin in Weißenfels, fuhr aber öfters mit dem Zug nach Leipzig. Die Frau hieß Dorle Leikauf. Wenn ich nach Leipzig kam, habe ich sie oft von der Arbeit abgeholt und bin mit ihr in ihre Wohnung gegangen. Es ist auch vorgekommen, daß ich mehrere Male zu Helmut Bräsicke in die Wohnung ging. Dort hatte ich mehrere Nächte geschlafen. Auch in der Wohnung der Frau Leikauf, die bei ihrer Tante zur Untermiete wohnte, habe ich einige Male geschlafen. Bevor ich die Dorle Leikauf kennenlernte, hatte ich Bekanntschaft mit einer anderen Frau gemacht. Die Frau hatte schon erwachsene Kinder, die Tochter arbeitete in einer Weberei oder ähnlichem Betrieb und war in anderen Umständen. Der Sohn hat, soviel ich mich erinnern kann, bei einem Kohlenhändler gearbeitet. An der Familie war nicht viel dran, die Frau war sehr viel unterwegs. Wo ich sie kennengelernt habe, weiß ich nicht. Ein oder zwei Mal habe ich bei der Frau in der Wohnung geschlafen. Die Frau hatte noch eine andere Tochter, die bei der Straßenbahn angestellt gewesen sein muß, denn sie hatte eine Uniform an. Wann und wo ich die Dorle Leikauf kennengelernt habe, weiß ich nicht mehr.

Es muß im Juni 1955 gewesen sein, als das Verhältnis mit der Dorle Leikauf auseinander ging. Im Juni oder Juli 1955 bin ich dann zurück nach Westdeutschland gefahren und habe in Düsseldorf als Gläserwäscher gearbeitet. Von Düsseldorf bin ich dann wieder nach Goslar gemacht. Dort habe ich im Flüchtlingslager in einer Kaserne gewohnt. Ich glaube im Frühjahr 1956 habe ich geheiratet. Mit meiner Frau habe ich auch weiterhin in der Kaserne in Goslar gewohnt. Ich glaube es war im August, als meine Frau und ich von Verwandten meiner Frau zur Konfirmation nach Oranienburg eingeladen wurden. Wir haben dann auch dort auf einem kleinen Gut gearbeitet. Wir waren auch dort gemeldet. Wir wollten erst dort bleiben, man hat uns ganz weit draußen in eine Gartenlaube gesteckt, und das gefiel uns nicht. Außerdem bekam meine Frau zu wenig Geld. Wir fuhren dann nach Westberlin und kamen dort in ein Flüchtlingslager. Im Lager wurde ich festgenommen. Es wurde mir gesagt, ich hätte einen Menschen überfallen, sogar ermordet, hat man mir gesagt. Ich war platt gewesen, wie man mir das sagte und daß man mich festnehmen konnte. Ich wurde immer wieder gefragt, ob ich etwas damit zu tun habe. Man sagte mir, daß ich einen Taxifahrer in Leipzig ermordet haben soll bzw. daß ich mit dabei gewesen sein soll. Ich habe immer wieder darauf erklärt, daß ich damit nichts zu tun habe, daß ich noch kein Geld gestohlen habe und überhaupt noch nichts derartiges getan habe.«

Angefügt ist dem Protokoll der Vermerk: »Der Beschuldigte Dürr ist des Lesens unkundig.« Bereits in Berlin stand unter dem Protokoll: »Zu der Zeugenvernehmung des Dürr ist zu sagen, daß seine Angaben mit Vorsicht aufzunehmen sind, da es sich bei ihm offensichtlich um eine nervenkranke Person handelt bzw. um eine Person, die vorgibt, nervenkrank zu sein. Da ein ärztliches Gutachten diesbezüglich den Vernehmern nicht vorgelegen hat, kann eine wertmäßige Einschätzung seiner

Aussage nicht gegeben werden.« Auch die Leipziger Polizisten notieren: »Der Beschuldigte machte während der Vernehmung den Eindruck eines nervenkranken Menschen. Er stotterte, schüttelte Arme und Beine, daß er sich kaum auf den Beinen halten konnte. Der Beginn der Vernehmung verzögerte sich wenigstens um 15 Minuten, da Dürr nicht zu beruhigen war. Er machte seine Angaben stockend und zusammenhanglos, schweift immer wieder vom Thema ab und bricht oft in lautes Weinen aus. Nur durch wiederholte Hilfestellungen macht er einigermaßen konkrete Angaben. Bezeichnend ist, daß der Beschuldigte während der gesamten Vernehmung wie ein Kind mit dem Taschentuch spielte, indem er Knoten knüpfte und wieder löste. In diese Tätigkeiten war er mitunter so vertieft, daß er wiederholt ermahnt werden mußte, der Vernehmung zu folgen.«

Zwar erscheint der Verdächtige kaum glaubhaft, aber »aufgrund der Ermittlungsergebnisse mußte Dürr in den Kreis der Verdächtigen zur Mordsache Beier einbezogen werden.« Die Ermittler zweifeln, daß alle Fakten des Geständnisses von Dürr erdacht und erlogen worden sind. Und es ergeben sich neue Verbindungen. Dürrs Freund Heinz Bräsicke wohnt in Leipzig und kennt Helga Timm. Jene des leichten Lebens verdächtige Dame, die im Haus am Tatort wohnt: Hermundurenstraße 15. Am Tag vor der Tat hatte sich Bräsicke um Helga Timm mit Fremden noch geschlagen. Dazu gab er zu Protokoll: »In der Nähe des Rathauses, sagte ich mir, du guckst noch mal in die *Schmiede*. Ich trat ein und stellte mich vorerst an die Theke. Ich bestellte hier ein Bier und trank es in Ruhe aus. Ich möchte bemerken, daß ich zu der Zeit, als ich die Gaststätte betrat, sofort feststellte, daß zwei weibliche Personen (Frau Großkopf und Tochter Helga Timm), sie sind mir durch Besuche in der Gaststätte *Zur Schmiede* bekannt geworden, an einem Tisch saßen. Nachdem ich einige Zeit an der Theke gestanden hatte, nahm ich an einem freigewordenen Tisch Platz. Kurz danach setzte sich der Frisör Ritter zu mir. Es kam dann auch der mir bekannte Hubertus Schanz an meinen Tisch, und nahm ebenfalls Platz. Schanz befand sich schon längere Zeit in der *Schmiede*, er kam dann zu mir, weil an meinem Tisch Platz geworden war. Mit Schanz haben wir einige Runden Bier ausgeknobelt, wobei Ritter und Schanz verloren hatten. Inzwischen hatte sich die Polizeistunde genähert, so daß wir Anstalten machten, das Lokal zu verlassen. Meiner Ansicht war es 0.30 Uhr, als ich mit Schanz die Gaststätte verließ. Uns schloß sich ein weitere Gast mit dem Spitznamen Matze an, und gemeinsam liefen wir nach der Georg-Schumann-Straße. An der Ecke Hermundurenstraße wollte ich mich von Schanz und Matze verabschieden, zumal ich hier nach meiner Wohnung einbiegen mußte. Dazu kam es jedoch nicht, da die Genannten sagten, wir gehen noch ein Stück mit. In der Hermundurenstraße sah ich, daß die vor uns laufende Helga und eine männliche Person ebenfalls in die Hermundurenstraße eingebogen waren. Ich lief ein Stück voraus und überholte die beiden. Diese blieben plötzlich stehen, so daß auch der Schanz und der Matze inzwischen herangekommen waren. Plötzlich hörte ich einen Schlag und sah wie der Begleiter der Helga zusammensank und ausgestreckt am Boden lag. Schanz hatte den Schlag ausgeführt, ohne dazu einen Grund zu haben. Es entstand eine Auseinandersetzung zwischen Schanz und der Helga, um die wir uns aber nicht weiter kümmerten. Ich war mit Matze inzwischen weiter gegangen. Die Helga kam uns nunmehr nachgelaufen, und auch der Schanz hatte uns wieder eingeholt. Jetzt trat in Erscheinung, daß Schanz auch den Matze angriff. Die Helga suchte nunmehr das Weite, indem sie in Richtung ihrer Wohnung lief. Jetzt suchte Schanz mit mir Streit, und schlug mich auf das linke Auge. Ich wehrte mich nicht, sondern rannte in Richtung Stahmelner Straße, und begab mich nach Hause.« Möglich wäre eine Täterschaft des Trios Dürr-Bräsicke-Timm.

Aber auch diese Spur zerschlägt sich. Die abenteuerliche Krankengeschichte, die Dürr erzählte, ist die Wahrheit. »Es wurde festgestellt, daß Joachim Dürr am 11.2.1955 um 14.46 Uhr mit einem Sankra der Feuerwehr in Magdeburg in das altstädtische Krankenhaus in Magdeburg gebracht worden ist. Laut Unterlagen des altstädtischen Krankenhauses in Magdeburg wurde Dürr am 11.2.55 gegen 15.10 Uhr dort aufgenommen. Er lag dort bis zum 23.2.55 wegen Nierenkolik rechts. Außerdem wurde er wegen einer Geschwulst am rechten Oberarm operiert. Zur Beweisführung wird das Krankenblatt des Dürr in Abschrift beigezogen. Alle mit dem Krankenhausaufenthalt des Dürr im Zusammenhang stehenden Momente stimmen mit den Aussagen des Dürr überein. Aufgrund des Ermittlungsergebnisses ist der Nachweis vorhanden, daß Joachim Dürr zur Tatzeit, am 15./16.2.55 in dem altstädtischen Krankenhaus in Magdeburg gelegen hat und somit als Täter in der Mordsache Beier ausscheidet. Es wird vorgeschlagen, Antrag auf Haftentlassung und Aufhebung des Haftbefehles beim Bezirksgericht Leipzig zu stellen.«

Vielleicht hingen im Büro der Volkspolizei die Plakate mit den zehn Geboten für den neuen Menschen. 1958 hatte man sie veröffentlicht. Unter anderem hieß es darin: »Du sollst gute Taten für den Sozialismus vollbringen, denn der Sozialismus führt zu einem besseren Leben für alle Werktätigen. Du sollst beim Aufbau des Sozialismus im Geiste der gegenseitigen Hilfe und der kameradschaftlichen Zusammenarbeit handeln, das

Kollektiv achten und seine Kritik beherzigen. Du sollst stets nach Verbesserung Deiner Leistung streben, sparsam sein und die sozialistische Arbeitsdisziplin festigen. Du sollst sauber und anständig leben und Deine Familie achten. Du sollst Deine Kinder im Geiste des Friedens und des Sozialismus zu allseitig gebildeten, charakterfesten und körperlich gestählten Menschen erziehen.« Die Gebote lesen sich gut.

Muhme in Schwarz

Der Fall Hedwig Buck, Schneeberg 1948

Steckrübeneintopf
Zutaten: *1½ kg Steckrüben, ½ kg Kartoffeln, eine Zwiebel, eine Knoblauchzehe, Salz, ein Teelöffel Majoran, ein Eßlöffel gehackter Schnittlauch, ½ l Wasser oder Brühe, ein Eßlöffel Mehl, 100g Speck.*
Zubereitung: *Steckrüben schälen und in Würfel schneiden, danach in der Brühe fast weich kochen. Die geschälten und gewürfelten Kartoffeln zugeben, ebenfalls weich kochen lassen. Den kleingewürfelten Speck in einer Pfanne auslassen. Darin die kleingeschnittene Zwiebel und die zerdrückte Knoblauzehe anbraten. Mehl darüber stäuben und braun werden lassen. Zu dem Gemüse dazu geben und noch einmal kurz aufkochen lassen.*

Spätsommer. Der achtzehnjährige Landwirtschaftgehilfe Hans Kornbluth war am 15.9.1948 »mit den Kühen des Bauern Germer im sogenannten Graben oder Grabenwiese. Gegen 17.30 Uhr hörte ich plötzlich einen Schuß aus östlicher Richtung. Ich nahm an, daß die Besatzungsmacht wieder Schießübungen abhält. Deshalb kümmerte ich mich auch nicht weiter darum. Etwa 3 Minuten später bemerkte ich einen Mann, der über den

Weg, wo die Frau gefunden wurde, im Walde lief. Die Person hatte etwa die Größe von 1,75 m, trug eine braune Jacke und eine graubraune Hose. Ob der Mann eine Kopfbedeckung trug, kann ich nicht sagen. Es sah fast aus, als ob es sich um eine Uniform handelte. Genauer kann ich die Person nicht beschreiben, weil diese, etwas nach vorn gebückt, schnellen Schrittes durch den Wald ging«.

Bemerken möchte Hans Konbluth noch, »daß auf dem betreffenden Gelände die Besatzungsmacht oft Schießübungen abhielt. Zu diesem Zwecke sind im Gelände verschiedene Bunker ausgehoben, von denen auch geschossen wird und zwar sowohl mit Gewehren als auch mit Pistolen. Meines Erachtens nach handelte es sich bei dem oben erwähnten Schuß um einen Pistolenschuß. Ich schließe dies wenigstens aus dem Klang. Die getroffene Frau selbst kenne ich nicht. Andere Personen habe ich auch in der Nähe nicht bemerkt. Weiteres kann ich zur Sache nicht angeben.«

Bergarbeiter Otto Schellhorn ist auf dem Nachhauseweg von Oberschlema, »woselbst ich im Schacht 12 arbeite und 14.00 Uhr ausgefahren war. Ich hatte erst noch in mehreren Geschäften meine Lebensmittel eingekauft, nachdem ich essen war. Gegen 17.00 Uhr ging ich durch den Wald von Oberschlema nach Wildbach.

Ich hörte einen Schuß. Ich war gerade in dem dort befindlichen Tal. Nachdem ich ungefähr 5 Minuten meinen Weg weiter gegangen war, sah ich auf dem Waldweg eine Frau liegen. Sie lag quer über dem Weg. Ihr Kopf ruhte in einer großen Blutlache. An der linken Schläfengegend sah ich eine Wunde. Das Blut war im Gerinnen.

Ich setzte sofort meinen Weg weiter fort. Auf einem Feld traf ich eine Bauersfrau, deren Name mir aber unbekannt ist. Ich erzählte ihr, daß auf dem Weg eine Frau liegen würde. Als ich in meinem Quartier ankam, erzählte ich es sofort meinem Hauswirt und dessen Ehefrau. Sie sagten zu mir, daß ich dieses beim Bürgermeister melden müßte. Selbigen traf ich aber nicht an. Dessen Tochter und noch eine zweite Frau gingen aber sogleich mit mir zur Tatortstelle.«

Weitere Personen hat Otto Schellhorn zur Tatzeit im Wald nicht bemerkt. Zwar hätte die Sowjetarmee im Gebiet oft Manöver abgehalten, an diesem Tag aber sei ihm ein solches nicht aufgefallen. »Einen Schrei bevor der Schuß fiel habe ich nicht gehört. 16.30 Uhr war ich noch in Oberschlema an der Lampenstation. Für den Weg bis in mein Quartier benötige ich etwa eine Stunde. Ich kann deshalb auch sagen, daß es gegen 17.00 Uhr gewesen ist, als ich an der Tatortstelle anlangte.«

Weitere Zeugen bestätigen die Zeitangaben. »Gestern, am 15.9.1948, zwischen 17.00 und 17.30 Uhr, erschien bei mir in der Wohnung ein Bergarbeiter, dessen Namen ich nicht kenne«, sagt Anneliese Völker, »und der sagte, daß in der Nähe des Silberbaches eine Frau in ihrem Blute läge, und mein Vater (Bürgermeister von Wildbach) solle doch mal mit hingehen. Da mein Vater nicht anwesend war, ging ich mit einer gerade bei mir weilenden Freundin an die bezeichnete Stelle. Auch der Bergarbeiter ging wieder mit. Dortselbst fanden wir eine ältere Frau, die ich nicht kenne, in einer großen Blutlache auf einem Waldweg. Bei unserem Eintreffen war es etwa 18.00 Uhr. Anhand des Pulsschlages konnten wir feststellen, daß die Frau noch am Leben war. Auch kurze Atemstöße gab sie noch von sich. Zunächst nahm ich an, da ein kleines Krauthäckchen in der Nähe lag, daß sie sich mit diesem verletzt haben könnte, dann aber kam ich zu der Ansicht, daß es eine Schußverletzung sein müsse. Bemerken möchte ich noch, daß unweit der Frau eine unabgeschossene Patrone lag. Während dieser Zeit unseres Dortseins haben wir niemand gesehen. Auch sonst ist uns nichts Verdächtiges aufgefallen. Bemerken möchte ich noch, daß an dieser Stelle oft Schüsse fallen, die wir bis ins Dorf herein hören können. An diesem Tage oder auch zu dieser Zeit habe ich allerdings keine Schüsse wahrgenommen.

Vom Schacht 63 aus, der in der Nähe liegt, habe ich dann die Schneeberger Polizei verständigt und diese erwartet.

Die Frau lag quer zum Weg, mit den Füßen nach der Böschung. Ihre Tasche lag am Gesäß, und die Henkel berührten die rechte Hüfte ihres Körpers. Das bereits erwähnte Krauthäckchen lag hinter ihr parallel zum Körper am Rücken. Die Zinken lagen am Kopf. Hinzufügen möchte ich, daß die Frau Jähn, sowohl auch ich Angehörige des ehemaligen Roten Kreuzes waren, und jetzt die Erste Hilfe im Ort, und wir uns deshalb verpflichtet fühlten, wenn möglich, so schnell es geht, Erste Hilfe zu leisten. Weiteres kann ich zur Sache nicht angeben.«

Eichel-Knäckebrot

Zutaten: 200 g abgezogene Pellen von Pellkartoffeln, 125 g Eichelmehl, zwei Eßlöffel Haferflocken, ein Teelöffel Selleriesalz, ein Teelöffel gemahlener Kümmel.

Zubereitung: Die Kartoffelschalen werden durch den Fleischwolf gedreht. Mit Eichelmehl, Haferflocken und den Gewürzen zu einem Teig verkneten. Auf einem bemehlten Brett dünn ausrollen. In Stücke schneiden. Auf ein leicht bemehltes Backblech legen. Zehn bis fünfzehn Minuten bei 220 Grad knusprig backen lassen.

Dem Gebietsgemeinschaftsleiter der Polizei von Schneeberg wurde am 15.9.1948, gegen 18.30 Uhr, »vom Schacht 63 fernmündlich mitgeteilt, daß in der Nähe des Silberbaches im Walde eine Frau angeschossen worden sei. Sofort begab ich mich mit dem diensthabenden Hauptwachtmeister an die bezeichnete Stelle. Bei unserem Eintreffen wurde festgestellt, daß eine ältere Frau quer über einem Waldweg in einer großen Blutlache lag. Dies war kurz vor 19.00 Uhr. Wir bemerkten, daß sie noch langsam atmete und den Mund auf und zu machte. Daraufhin nahmen wir sie aus der Blutlache heraus und legten sie auf die Seite. Als Verletzung stellte ich einen Kopfdurchschuß fest. Bemerken möchte ich, daß 1 m vor der Frau eine unabgeschossene 9 mm (anscheinend Pistolenmunition) Patrone lag. Da die Frau noch Lebenszeichen von sich gab, fuhr ich sofort zurück, um einen Arzt zu holen.

Zusammen mit ihm begab ich mich wieder an die Fundstelle. Bei unserer Ankunft war die Frau bereits verstorben. Hierauf wurde die Mordkommission Zwickau verständigt. Von Pol.-Anwärter Helmich erfuhr ich später, daß dieser, von Wildbach kommend, am 15.9.1948, gegen 18.15 Uhr in der Nähe der Fundstelle vorbeigegangen sei und dabei mehrere Soldaten der Besatzungsmacht auf den anliegenden Feldern und im Walde bemerkt habe, die anscheinend eine Übung abhielten. Das ist alles, was ich zur Sache sagen kann.«

»Am 15.9.1948 wurde von der Gebietsgemeinschaft Schneeberg fernmündlich mitgeteilt, daß dort in einem Waldgrundstück eine zur Zeit noch unbekannte weibliche Leiche aufgefunden worden sei. Sofort nach Eingang der Fernsprechmitteilung begab sich sie Mordkommission des KA Zwickau an die bezeichnete Stelle … Die Fundstelle liegt in einem umfangreichen Waldgebiet zwischen Schneeberg und Wildbach, in der Nähe der sogenannten Grabenwiesen. Das Grundstück, auf dem die Leiche gefunden wurde, gehört einem Bauern aus Wildbach … Bei unserem Eintreffen gegen 22.00 Uhr herrschte vollkommene Dunkelheit. Die Leiche lag am Rande eines Waldweges. In der Mitte dieses Weges befand sich eine größere Blutlache. Da durch die herrschende Dunkelheit eine genauere Besichtigung des Tatortes nicht möglich war, wurden die Erörterungen gegen 23.00 Uhr abgebrochen. Durch die herrschende Dunkelheit konnten die Erörterungen nicht weiter fortgeführt werden.

Am 16.9.1948 wurde die Fundstelle der Leiche erneut aufgesucht … Wie bereits erwähnt liegt die Fundstelle in einem Gebiet ausgedehnter Wald- und Wiesengrundstücke, auf Schneeberger Flur. Von der Landstraße Schneeberg – Wildbach biegt ein Waldweg rechts ab und führt in mehreren Windungen nach der Fundstelle. Dieselbe ist rechts und links von einem Hochwald umgeben und bildet einen steilen Abhang, in dessen Mitte sich der Weg entlang zieht.

Bei der Leiche handelt es sich um eine etwa 65–70jährige Frau. Dieselbe war bekleidet mit alten Schuhen, Strümpfen, Unterwäsche, einem schwarzen Kleide und einer schwarzen Kleiderschürze. An der Fundstelle lag noch eine Krauthacke und eine lederne, aus kleinen Würfeln zusammengesetzte Einkaufstasche.

Die Person wurde am 15.9.1948, gegen 17.00 Uhr, von einem Bergarbeiter noch lebend vorgefunden. Die sofort benachrichtigte Polizei traf gegen 19.00 Uhr ein und auch zu dieser Zeit gab die Person noch Lebenszeichen von sich. Deshalb wurde sie aus ihrer ursprünglichen Lage genommen und an den Rand des Weges gelegt. Die ursprüngliche Lage war die Mitte des

Weges mit den Füßen nach der Böschung zu. Als Verletzung wurde ein Kopfdurchschuß mit der Einschußöffnung über dem linken Scheitelbein und dem Ausschuß oberhalb der rechten Ohrmuschel festgestellt. Die Fundstelle wird im folgenden als Tatort bezeichnet.

Etwa 1 m von der Blutlache entfernt wurde eine unabgeschossene Patrone 0,8, Kaliber 9 mm, gefunden. Das Zündhütchen derselben war durch den Schlagbolzen angeschlagen, aber nicht zur Explosion gekommen. Nach längerem Suchen wurde etwa 4 m von der Leiche im Heidekraut ein undeformiertes Projektil gleichen Kalibers gefunden. Desgleichen wurde die Patronenhülse im Heidekraut gefunden. Aus all dem ist zu schließen, daß der Täter aus unmittelbarer Nähe auf die Frau gefeuert haben muß und beim ersten Schuß das Geschoß nicht zur Explosion kam. Der Täter dürfte dann durchgeladen und nochmals abgedrückt haben, wobei die Kopfverletzung zustande kam, die die Frau tödlich verletzte …

Soweit bisher festgestellt werden konnte, wurde von einem Waldarbeiter, der etwa 300 m von der Fundstelle entfernt in einem Dickicht arbeitete, zwischen 17.00 und 18.00 Uhr ein ängstlicher Schrei einer Frauensperson wahrgenommen. Kurz darauf fiel ein Schuß. Da in dieser Gegend Angehörige der Besatzungsmacht fast täglich Übungen abhalten, wobei geschossen wird, legte dieser dem Schuß zunächst keinen Wert bei. Etwas später erschien auf dem Wege ein Bergarbeiter, der die Frau noch lebend, in einer Blutlache liegend vorfand. Hierauf wurde die Polizei verständigt, die gegen 19.00 Uhr an der Fundstelle eintraf.

Vom Tatort wurden mehrere fotografische Aufnahmen angefertigt. Die Leiche wurde beschlagnahmt und dem Pathologischen Institut beim Heinrich-Braun-Krankenhaus zugeführt.

Vom Täter fehlt bisher jede Spur. Die Erörterungen sind noch im Gange, und es wird bei Auftauchen neuer Momente nachberichtet«, schreibt der Leiter der Zwickauer Mordkommission Kriminal-Obersekretär Staßfurt.

Teemischungen
1. ein Drittel Ebereschenblätter, ein Drittel Lindenblätter, ein Drittel Brombeerblätter. 2. Erdbeer-, Himber- und Brombeerblätter (zu gleichen Teilen). 3. Lindenblätter, wenig Pfefferminzstengel, wenig Quecke. 4. schwarze, Brombeerblätter, Lindenblätter, Hagebutten (zu gleichen Teilen). 5. Heidekrautblüten und -blätter, Apfelschalen, als Würzzusatz Heidelbeerblätter, Minze und Thymian.
Diese Tees soll man nicht aufkochen (außer Hagebuttenkerne und Apfelschalen), durch das Kochen wird das Getränk herb oder bitter, da zuviele Gerbstoffe ausgezogen werden. Für das Aroma ist es am feinsten, wenn man die Mischung in das kochende Wasser hinein gibt und umrührt oder das kochende Wasser darüber gießt und zugedeckt dann drei bis fünf Minuten ziehen läßt. Wer kräftigeren Geschmack liebt, kann den Tee auch etwa zehn Minuten ziehen lassen. Auf einen Liter rechnet man etwa zwei bis drei Eßlöffel Tee. Nach dem Aufbrühen wird der Tee sofort durchgesiebt. Eine Scheibe Zitrone verfeinert den Geschmack. Aufgegossene Tees dürfen nicht in Metalltöpfen aufbewahrt werden.

Der Gerichtsmediziner erstattet ein vorläufiges Gutachten. Nach äußerem Augenschein handelt es sich bei der Toten um eine etwa 70jährige Frau mit greisenhaftem Gesicht. After und Geschlechtsteile sind mit Kot beschmiert, natürliche Reaktionen in Schock und Todeskampf.

»Die Sektion ergibt einen Kopfdurchschuß mit der Einschußöffnung über dem linken Scheitelbein und dem Ausschuß über dem rechten Schläfenbein oberhalb der rechten Ohrmuschel. Nahschußzeichen konnten nicht gefunden werden. Der Schußkanal verläuft durch das rechte Stammhirn und hat die rechte Hirnkammer eröffnet. Die Zeitspanne zwischen Verletzung und Eintritt des Todes kann nicht genau bestimmt werden. Die Verunglückte hat aber heftig erbrochen und das Erbrochene z.T. aspieriert. Todesursache ist Hirnlähmung.

Als Nebenbefund stellten wir fest eine hochgradige Arterienverkalkung mit Schrumpfniere und Herzmuskelverdickung und Gallensteine. Zur histologischen Untersuchung werden Hirngewebe, Herzmuskel, Nieren- und Lebergewebe zurückbehalten.«

Weitere medizinische Untersuchungen können nicht mehr Details erbringen, die eine Identifizierung möglich machen. Es ist eine unbekannte, alte Frau, die erschossen wurde. Die Tote wird bereits am 17.9. zur Erdbestattung freigegeben. Als gesichert kann nur angenommen werden, daß die Frau in der näheren Umgebung wohnen muß, Indizien lassen auf Beschaffung von Lebensmitteln schließen, die Rationen auf Marken waren in dieser Zeit nicht reichlich. In Schneeberg, Wildbach und Nachbargemeinden werden Plakate gehängt, die um Mithilfe der Bevölkerung bitten. Wer ist diese Tote?

Hagebuttensuppe

Zutaten: 1/8 kg getrocknete Hagebutten, ¾ l Wasser, ½ l Milch, eine Stange Zimt, eine Zitronenschale, ein Eßlöffel Kartoffelmehl, vier Eßlöffel Zucker, 50 g Margarine, ein Brötchen.

Zubereitung: Hagebutten waschen und über Nacht in einem

dreiviertel Liter Wasser einweichen. Mit dem Einweichwasser unter Zugabe von Zimt und abgeriebener Zitronenschale weich kochen. Durch ein Sieb streichen. Mit Milch auffüllen. Kartoffelmehl mit etwas Wasser anrühren und dazu geben. Zucker einstreuen. Mit gerösteten Brotwürfeln auftragen.

Zeugen melden sich. Allerdings können auch sie keine Hinweise zur Identifizierung geben.

»Am 15.9.1948, nachmittags gegen 16.00 Uhr, bin ich nach dem Pinkenwald gegangen, um für einen Landwirt Reißig auszuschneiden«, sagt Heinz Karl Stegemann aus Niederschlema, »in der Zeit zwischen 17.00 und 18.00 Uhr hörte ich plötzlich einen ängstlichen Schrei einer Frauensperson, was sich zweimal wiederholte. Ich lauschte zunächst, um noch mehrere Schreie zu hören. Dieselben verstummten jedoch. Nach etwa 5 Minuten hörte ich einen Schuß. Ich kann ungefähr 300 m entfernt gewesen sein. Da es keine Seltenheit ist, daß man auf dieser Stelle des öfteren Schüsse hört, gab ich weiter keine Beobachtung darauf. Soldaten der Besatzungsmacht habe ich nicht gesehen, da ich in einem Wald (Dickicht) gearbeitet habe.

Als gegen 19.00 Uhr ein Fahrzeug der Polizei gefahren kam, wurde ich erst aufmerksam. Ich ging dann zu dieser Stelle, wo sich die Polizeiangestellten aufhielten, und stellte fest, daß eine Frau auf der Straße tot darnieder lag. Daraufhin meldete ich sofort den Vorgang, welchen ich zu dieser Zeit bemerkt hatte.

Ich arbeite noch nebenbei bei Landwirt Kräuter und bin des öfteren dort in diesem Gelände. Meistens ist es so, daß man sich dort nicht aufhalten kann, weil von der Besatzungsmacht auf diesem Gelände Schießübungen abgehalten werden. Ob zur genannten Zeit eine Geländeübung stattgefunden hat, kann ich nicht sagen. Auch habe ich während dieser Zeit von der Roten

Armee keine Soldaten bemerkt. Wie schon bemerkt, habe ich mich mitten in einem Dickicht befunden, wo ich keine Sicht nach außen hin hatte. Weitere Angaben kann ich hierzu nicht machen. Meine Aussage habe ich ohne Zwang getan, was ich auch nachfolgend durch meine Unterschrift bestätige.«

»Seit dem 24.8.1948 bin ich als Pol.-Anwärter eingestellt«, sagt Werner Jäckel, »und zwar bei der Gebietsgemeinschaft II, Schneeberg. Den Weg von meiner Wohnung zur Dienststelle lege ich mit dem Fahrrad zurück. Dabei muß ich auch in der Nähe jener Stelle vorüber, an der die alte Frau gefunden wurde. Am Mittwoch, den 15.9.1948, gegen 18.30 Uhr, kam ich wiederum in der Nähe dieser Stelle vorüber. Dabei nahm ich wahr, daß sich in der Nähe der Schrebergärten, die bereits zu Schneeberg gehören, mehrere russische Soldaten aufhielten. Dieselben lagen z. B. im Graben mit dem Gewehr, und erweckten den Anschein, als ob diese eine Übung abhielten. Einen Schuß oder gar mehrere Schüsse habe ich zu dieser Zeit nicht wahrgenommen. Auch habe ich keinerlei Schreie oder dergleichen gehört.«

Traf die Frau ein Fehlschuß von russischen Soldaten während einer Übung? Es hätte keinen der Zeugen überrascht. Auch nicht die Polizei?

Die Indizien sprechen nicht für einen zufällig tödlichen Schuß. Eher deutet das Nachladen auf ein bewußtes Erschießen. Der Schütze wollte diese Frau töten. Sie sollte sterben, hätte er sonst erneut eine Patrone in den Lauf geschoben?

Warum mußte dieser Tod sein? Hat die alte Frau illegales Geschehen beobachtet? War sie Zeuge einer Straftat und damit zur Gefahr geworden? Hätte sie Verbrecher identifizieren können?

Wer ist die Tote? Noch immer konnte die Polizei keinen Namen, keine Adresse ermitteln. Kleidung und bei der Leiche gefundene Gegenstände lassen auf eine Wohnung in der Gegend schließen. Viel hatte sie nicht bei sich: eine Tasche, ein Häckchen. Sie war keine Landstreicherin. Ihre Sachen waren gepflegt, wenn auch abgetragen. Alles deutet darauf hin, daß sie aus dem Haus ging, um Lebensmittel zu finden.

Vermißt die Oma keiner? Sammelt sie nur für sich im Wald ein kärgliches Zubrot zur knapp bemessenen Ration? Wer ist sie? Die Tote bleibt unbekannt.

Die Polizei bittet die Bevölkerung Schneebergs, Wildbachs, der Gegend um Mithilfe. Wer kann Angaben machen? Plakate sind überall angeschlagen, und bitten um die Identifizierung einer unbekannten, weiblichen Toten, scheinbares Alter: sechzig Jahre.

Routinemäßig wird die Sowjetische Besatzungsmacht über den nicht natürlichen Todesfall informiert. Über die Reaktionen der Militäradministration vermerkt die Akte nichts.

Zwei Tage später ergeben die Ermittlungen Anhaltspunkte in anderer Hinsicht. »Die Erörterungen wurden am heutigen Tage in Schneeberg und Umgebung fortgesetzt. Dabei wurde in Erfahrung gebracht, daß in unmittelbarer Nähe des Tatortes in den letzten Tagen Raubüberfälle durch »unbekannte Personen« ausgeführt wurden. Es besteht der Verdacht, daß der Täter dieser Raubüberfälle mit dem des Mordes identisch ist. Deshalb werden nachstehend die Vernehmungen der durch die Überfälle geschädigten Personen beigefügt.«

Hausfrau Elsa Roth (45) stellte bei der Polizei diese Anzeige:

»Am Sonnabend, den 11. Sept. 1948, gegen 10.00 Uhr vormittags, ging ich in den Wald, der sich zwischen Schneeberg, Oberschlema und Wildbach befindet. Ich wollte dort Pilze suchen. In dem Wald zwischen Oberschlema und Wildbach sah ich eine »unbekannte Person« im eiligen Schritt vom unteren Wald herauskommen. Nach einiger Zeit blieb diese Person stehen. Er hatte mich, da wir in einer Richtung liefen, kurz vorher in einer seitlichen Entfernung von etwa 10 m überholt. Am Wege blieb er stehen. Dort schaute er sich um. Darauf kam er wieder zurück und auf mich zu gelaufen. In der Zwischenzeit hatte ich meine Armbanduhr abgenommen und zwischen die Pilze in meiner Basttasche gelegt.

Diese Person frug mich nach etwas. Ich konnte es aber, da ich etwas schwerer höre, nicht verstehen. Dieses um so mehr, weil diese Person ein sehr schlechtes Deutsch sprach. Ich verstand nur die Worte: »Kommandantur Schlema«. Daraufhin zeigte ich ihm mit dem Arm die Richtung, die er einschlagen müßte, um nach Oberschlema zu gelangen. Dann verstand ich etwas von Uhr. Ich nahm an, daß er nach der Uhrzeit fragen würde. Er faßte mich jedoch am linken Arm und zeigte dabei auf die Stelle, wo man die Armbanduhr trägt. Ich erwiderte ihm darauf: »Nix Uhr.« Darauf zeigte er auf meine Tasche und frug auch, ob ich diese in der Tasche habe. Kurz darauf griff er in die Tasche zwischen die Pilze hinein und erwischte auch die Uhr. Ich wollte ihm meine Uhr wieder wegnehmen. In dem selben Moment griff er mich mit der rechten Hand von hinten an die Oberschenkel, mit der linken Hand um meine Brust herum, nach dem Rücken, und gab mir dabei einen Stoß. Ich strauchelte nach hinten und prallte mit der rechten Schulter an einen dort stehenden Baum. Ich habe noch heute davon einen blutunterlaufenen Fleck. Daraufhin ergriff diese Person die Flucht. Er rannte von mir weg. Ich rappelte mich wieder auf und rannte ihm hinterher. Als er dieses sah, drehte er sich herum, blieb stehen, bückte sich und hob einen Stein auf. Es war ein Stein, der einen ungefähren Durchmesser von 25 cm hatte. (Es war ein flacher Stein, die Länge betrug etwa 25 cm.) Diesen Stein schleuderte er mir entgegen und traf mich dabei an dem rechten Schienbein. Nur dadurch, daß sich dieser Stein in meinem Rock verfing, trug ich keine übermäßigen Verletzungen davon. Links neben dem Schienbein trug ich eine etwa 5 cm lange Hautwunde und mehrere Prellstellen davon, die später ebenfalls blutunterlaufen waren. Daraufhin setzte er seine Flucht in rennendem Schritt weiter fort. Infolge des Schmerzes konnte ich die Verfolgung nicht so fortsetzen, daß ich diese Person einholen konnte. Ich verlor ihn aus dem Blickfeld. Ich begab mich darufhin zu der weiter unten auf der Rehwiese befindlichen Abteilung russ. Soldaten und trug die Sache vor. Die dort anwesenden Offiziere ließen sofort Streifen durchführen. Diese blieben aber auch erfolglos. Zwei Pilzsucher aus Schneeberg, die ich daraufhin ansprach, erzählten mir, daß sie eine Person in eiligem Schritt haben nach Oberschlema laufen sehen.

Im Laufe des Tages suchte ich die dort befindlichen Schächte auf, um zu sehen, ob ich diese Person antreffen werde. Dies war aber nicht der Fall. Ich wendete mich daraufhin an die NKWD in Oberschlema. Diese verwies mich, nachdem ich ihnen die Sache vorgetragen hatte, an die Bergpolizei des Obj. 2 (Haus Prager). Auch dort trug ich diese Angelegenheit vor.

Bemerken möchte ich noch, daß es sich bei der entwendeten Uhr um eine Damenarmbanduhr handelt. Sie hatte ein rotes Lederarmband, sie selbst stellte ein 6eck dar. Metall: Gold, gelbfarbig abgeschliffenes Zifferblatt, mit Sekundenzeiger … Ich habe bestimmt die Wahrheit gesagt.«

Pilzkuchen

Zutaten: *¼ kg Mehl, 50 g Fett, 1 Eigelb, Salz, eine Messerspitze Backpulver, ½ Tasse Milch, ½ kg Pilze, eine Stange Lauch, 1 Ei, zwei Eßlöffel Haferflocken, 1 Eßlöffel gehackte Petersilie, 1 Teelöffel Tomatenmark, Pfeffer.*

Zubereitung: *Aus Mehl, Fett, Eigelb, Salz, Milch und Backpulver einen Teig bereiten und eine gefettete Springform damit auslegen. Für den Belag werden die geputzten und gewaschenen Pilze grob gehackt, der Lauch in feine Ringe geschnitten und mit Ei, Haferflocken, Tomatenmark, Salz und Pfeffer und der gehackten Petersilie vermischt. Auf dem Teigboden geben und bei 220 Grad 45 bis 50 Minuten lang backen. Der Pilzkuchen wird heiß gegessen.*

Auffallend ähnlich zur Aussage Elsa Roths ist die des achtzigjährigen Franz Siegfried Hebbel aus Schneeberg. Er gibt zu Protokoll: »Am Freitag, dem 13. Aug. 1948, ging ich gegen 13.30 Uhr in Richtung Wildbach, um bei einem Bauern in Wildbach ein paar Schuhe abzuliefern, die ich repariert hatte. So gegen 19.00 Uhr trat ich den Rückweg an und befand mich etwa 19.30 Uhr auf der Straße Wildbach-Schneeberg, in dem Teil, wo die Straße bergauf geht, links sich ein Wald befindet, rechts freies Feld, und wo sich nachher, nachdem der Wald aufhört, die Schrebergartenanlage anschließt. Die Straße von Schneeberg her, d. h. also mir entgegen, kam eine »unbekannte Person«.

Er sprach mich an und spielte dabei mit einer Zigarettenspitze, die er in den Händen hielt. Was er zu mir sagte, konnte ich nicht verstehen. Auf einmal griff er mich an, d. h. er knöpfte meine Strickjacke auf, die ich unter meinem Jackett trug und holte meine Taschenuhr hervor. Da die Kette der Taschenuhr in einem Knopfloch eingehängt war, öffnete er den Verschluß und nahm meine Uhr mit Kette an sich. Er suchte mir daraufhin alle Taschen meiner Bekleidung durch. Dabei fand er auch in meiner linken Hosentasche meine Geldbörse. Er öffnete diese und entnahm den größten Teil des darin befindlichen Bargeldes. Ich hatte etwas über DM 60.- darinnen. DM 3.- ließ er mir in meiner Börse und steckte sie mir wieder in meine Tasche, währenddem er das andere Geld zu sich steckte. Für Messer und Schlüssel und was man sonst noch in den Taschen hat, zeigte er kein Interesse. Er setzte daraufhin seinen Weg fort, und ich wollte ihn verfolgen. Als er dieses bemerkte, drehte er sich herum, griff in seine Tasche und holte ein Messer heraus. Daraufhin gab er mir einen Stoß vor die linke Brustseite. Ich strauchelte und fiel nach hinten über. Dabei zerriß ich mir meine Jacke am rechten Ellenbogen. Die Person wollte unbedingt, wie ich aus seinen Gesten und Reden entnehmen konnte, daß ich mich durch den Wald entfernen sollte. Ich tat dieses nicht, sondern ging auf die Straße zurück. Ich setzte dann meinen Weg fort. Die Person verschwand im Wald. Zu dieser Zeit befand sich noch eine Abteilung russ. Soldaten auf dem Übungsgelände im Silbertal.

Die Beschreibung der Uhr: Silberne Zylinderherrentaschenuhr, goldene Kette, Uhr mußte mit Schlüssel aufgezogen werden, innen in der Uhr befindet sich mein Name und zwar FSH. Bemerken möchte ich weiter, daß die Person auch den Schlüssel zur Uhr mit aus der Geldbörse nahm.«

Einen Verdächtigen hat die Polizei auch im Falle der Amalie Hinz (30) nicht gefunden: »Mein Ehemann hat auf dem früheren Flughafengelände bei Schneeberg ein Stück Land zur Bearbeitung zugewiesen erhalten. Aus diesem Grund war es notwendig, daß ich fast jeden Tag mit meinen Verwandten nach dort sehen mußte, um die anfallenden Feldarbeiten zu erledigen. So geschah es auch an einem Montag, es kann ungefähr vor drei Wochen gewesen sein, also am 23. Aug. 1948. Es war ungefähr gegen 14.00 Uhr als wir die Straße Schneeberg-Langenbach entlang gingen. In unmittelbarer Nähe des Gutes »Marienhof« überholte uns, d. h. meine Schwiegermutter, die Frau Edda Hinz (67 Jahre alt, wh. Schbg Rödergasse 6), mein Kind Joachim Hinz, 4 Jahre alt, und mich eine »unbekannte Person«. Er trug Stiefel, Stiefelhose und eine Kutte. Er hatte ein Käppi auf. Trug auch Achselstücke. Ich kann aber nicht mehr sagen, wie diese aussehen.

Er ging in gleicher Richtung wie wir. Dabei holte er uns ein. Als er in gleicher Höhe mit uns war, frug er mich, wie spät es sei. Ich schaute auf meine Armbanduhr. Es war genau 14.15 Uhr. Als ich ihm die Zeit gesagt hatte, ging er ein paar Schritte vor uns her. Ich hatte den Eindruck, als wollte er gar nichts weiter von uns wissen. Nachdem er etwa 5-6 Schritte weiter gelaufen war, kehrte er wieder um. Er kam auf mich zu und sagte mir: »Mal sehen«. Ich erwiderte: »Da gibt's nichts zu sehen, es ist 14.30 Uhr«. Er sagte dann sinngemäß zu mir, nicht die Uhrzeit, sondern die Uhr wollte er einmal sehen. Er griff meine linke Hand und sah sich die Uhr an. Ich riß meinen Arm wieder los.

Meine Schwiegermutter sagte zu mir, daß diese Person wohl bloß meine Uhr haben wollte. Sie forderte mich auf, schnell weiter zu gehen und gar nicht dergleichen zu tun. Als diese Person dieses bemerkte, holte er aus und schlug meine Schwiegermutter mit der Hand an den Hinterkopf. Er stieß sie mit dem Schlag fort. Ich rannte gleich in ein Feld hinein, denn ich sah weiter unten einen Bauern arbeiten. Ich rief ihm zu, uns zu Hilfe zu kommen. Er kam aber nicht.

Als ich um Hilfe rief, entfernte sich diese unbekannte Person. Weiter nach Langenbach zu arbeiteten mehrere Straßenarbeiter. Sie pflückten Birnen. Mit diesen unterhielt er sich und ging nachher, nachdem er den »Marienhof« passiert hatte, seitlich in den Wald. Ich selber getraute mich nicht vorbeizugehen. Ich machte mit meiner Schwiegermutter aus, daß ich um den »Marienhof« im Wald gehen würde. Wie nun meine Schwiegermutter ungefähr die Stelle passierte, wo er in den Wald gesprungen war, kam er aus dem Straßengraben herausgesprungen. Was er zu meiner Schwiegermutter sagte, konnte diese aber, wie sie mir später erzählte, nicht verstehen.

Er sah mich daraufhin am Waldrand entlanggehen. Er rannte über die Straße weg und mir nach. Ich kehrte sofort um und lief auf den »Marienhof« zu. Meine Schwiegermutter kam auch zurück. Wir trafen uns im »Marienhof« und sind dann unterhalb des Keilberges einen Feldweg nach Griesbach gelaufen. Da wir noch zwei Bauersfrauen trafen, kehrten wir um und gingen wieder in Richtung Flugplatz, um doch auf unserem Feld arbeiten zu können. Wir waren der Annahme, daß wir, wenn wir 4 Frauen sind, doch mit ihm fertig werden würden.

Wie wir durch den Wald gingen, sahen wir ein Motorrad fahren. Kurze Zeit darauf ein Mädel mit einem Fahrrad. Es war ein Geschrei. Auf einmal sahen wir auch wieder die »unbekannte Person«. Er wurde von mehreren Personen, so auch von dem Mädel und dem Motorradfahrer verfolgt.

Wir hörten nachher aus Gesprächen, daß diese unbekannte Person auch noch anderen Personen die Uhr weggenommen haben soll. So u. a. einem Bergarbeiter auf dem Weg von Griesbach nach dem Schneeberger Stadtpark. Da er jedoch verfolgt wurde, hat er die Uhr weggeworfen, die später auch wieder gefunden wurde. Der Motorradfahrer war der Sohn von der

»Waldschänke«. Er soll wohl Hilfe bei der Polizei in Schneeberg geholt haben, diese sollen dann auch die Uhr gefunden haben. Ich selbst bin nicht mehr belästigt worden.«

»Aufgrund dieser Vorkommnisse wurde sich mit der Kreiskommandantur Aue in Verbindung gesetzt. Major Karpow von der betreffenden Dienststelle ordnete an, daß das in Frage kommende Gebiet von Angehörigen der Besatzungsmacht laufend kontrolliert bzw. überwacht wird.« Weder die sowjetischen Streifen noch die polizeilichen Ermittlungen haben Erfolg. Ein Täter, der diese Überfälle in einem eng begrenzten Gebiet begangen haben könnte, wird nicht gefunden. Die Nähe zum Auffindort der Erschossenen läßt die Schlußfolgerungen auf ein und denselben Täter zu. Er überfiel die Fußgänger, um sie zu berauben. Suchte auch er bei der alten Frau Beute? Allerdings sah sie nicht aus, als hätte sie Wertgegenstände bei sich. Eher arm erschien sie den Ermittlern. Sie deswegen erschießen? Vielleicht aber ist der Räuber ein Einheimischer, den die alte Frau erkannte? Sie hätte ihn identifizieren können.

Wer aber das Opfer ist, konnte, obwohl intensiv ermittelt wird, noch immer nicht in Erfahrung gebracht werden. Die Tote im Wald hat keinen Namen trotz der Plakate, trotz Beschreibung aller Details. Vor Ort wird diskutiert, wer sie denn sei, diese Alte, aber vermißt wird offenbar niemand: Keine Mutter, keine Oma, keine Nachbarin. Diese Tote, auch sie bleibt eine »unbekannte Person«.

Eintopf aus Vogelmiere
Zutaten: ½ kg Vogelmiere (gesammelt wird das blühende Kraut ohne Wurzeln), 150 g Haferflocken, 1 kg Kartoffeln, zwei Liter Gemüse- oder Fleischbrühe. 50 g geräucherter Speck, Salz.

Zubereitung: Vogelmiere waschen, klein hacken. Kartoffeln schälen und würfeln. Gemüse, Kartoffeln und Haferflocken werden in der Brühe weich gekocht. Ein Viertel des rohen gehackten Gemüses wird zurückbehalten und erst in das gar gekochte Gericht gegeben. Mit gerösteten Speckwürfeln und Salz abschmecken.

Am Sonnabend, drei Tage nach dem Tatgeschehen, erscheint bei der Polizei in Schneeberg aufgelöst Frau Hannah Wauer und ruft voll Entsetzen: »Die Tote ist meine Mutter!«

Hannah Wauers Mutter Hedwig Buck wohnt mit ihr im selben Hause (Rosenthal 5), 2. Stock, gibt sie gefaßter zu Protokoll. Hannah Wauer hat noch 4 Geschwister. Von ihnen wohnt nur der Bruder, Reinhard Buck, hier in Schneeberg, Pestalozzistraße. »Ich bin verheiratet mit dem Tischlermeister Heinrich Wauer. Ich habe 2 Kinder, ein Mädchen ist im Rheinland verheiratet und einen sechzehnjährigen Sohn, der bei meinem Mann das Tischlerhandwerk erlernt und auch bei uns wohnt.

Meine Mutter ging fast täglich in den Wald, um Holz oder Pilze zu holen. Dabei kehrte sie meist erst am Abend zurück, so daß es vorgekommen ist, daß wir sie manchmal einen oder zwei Tage nicht zu Gesicht bekamen.

Meine Mutter bezieht Sozialrente, ich glaube, 40 DM im Monat. Sonst hat sie kein Vermögen. Schmucksachen, z. B. Uhr und dergleichen, hat sie ebenfalls nicht.

Am Mittwoch, den 15.9.1948, gegen 13.00 Uhr habe ich meine Mutter das letzte Mal gesehen. Um diese Zeit kam sie vom Kartoffelstoppeln und zeigte mir auch noch eine kleine Tasche voll Kartoffeln, worüber sie sich sehr gefreut hat. Sie sagte mir noch, daß der Bauer morgen mit dem Feld fertig würde und sie wieder gehen wolle. Später erfuhr ich aber, daß meine Mutter am gleichen Tage nochmals weggegangen sei.

Am Donnerstag, den 16.9.1948 habe ich dann eine Bekanntmachung gelesen, die besagte, daß eine Frau von 60 Jahren tot im Walde gefunden worden sei. Da ich meine Mutter um diese Zeit noch nicht vermißt hatte, und diese auch bereits 83 Jahre alt ist, während die in der Bekanntmachung erwähnte Frau 60 Jahre alt sein sollte, habe ich mir natürlich nicht das Geringste dabei gedacht.

Am Freitag, den 17.9.1948, gegen 20.30 Uhr, wollte ich meiner Mutter die Wäsche in die Wohnung bringen. Auf mein Klopfen wurde aber nicht geöffnet. Ich nahm an, daß sich meine Mutter bereits schlafen gelegt hätte und ich wollte sie auch nicht weiter stören.

Auf Vorhalt: Auch jetzt ist mir der Gedanke, daß es sich in der Toten um meine Mutter handeln könnte, noch nicht gekommen, weil ich so etwas auch jetzt noch für ausgeschlossen halte. Auch bezüglich des Alters konnte meine Mutter nicht in Frage kommen.

W. gibt weiter an: Am Sonnabend, den 18.9.1948, früh, etwa gegen 8.00 Uhr, bin ich nochmals zu ihr, wobei mir wieder nicht geöffnet wurde. Jetzt kam mir die Sache etwas komisch vor. Daß es sich aber um die Tote im Wald handeln könnte, fiel mir noch nicht ein. Ich nahm vielmehr an, daß ihr ein Unglück zugestoßen sein könnte, Herzschlag oder dergleichen, wie es bei alten Leuten oft vorkommt. Ich sagte dann meinem Manne, daß er doch einmal nachsehen sollte. Dieser legte eine Leiter an und stellte fest, daß die Wohnung leer war. Auch nachdem er durch das Schlafzimmerfenster gesehen hatte und das Bett gemacht war, stand fest, daß meine Mutter nicht zu Hause war. Durch einen Schlosser haben wir dann öffnen lassen, wo uns dann Gewißheit wurde. Im Schrank, so überzeugte ich mich, hingen ihre guten Sachen. Doch das alte schwarze Kleid und die schwarze Kleiderschürze fehlten. Jetzt erst fiel mir auf, daß in dieser Bekanntmachung von solchen Kleidungsstücken die Rede war. Zusammen mit meinem Manne bin ich dann auf die Wache gegangen, wo mir die bei der Mutter gefundene Tasche und Krauthacke gezeigt wurde. Diese beiden Gegenstände erkannte ich einwandfrei als meiner Mutter gehörend.

Es ist mir einfach rätselhaft, wer diese alte Frau erschossen haben könnte. Meine Mutter hatte keinerlei Feinde. Auch kenne ich keine Personen, die ihr irgendwie gedroht hätten usw. Wir Geschwister unter uns sind einig und verehren alle unsere alte Mutter.

Wie bereits erwähnt, ging sie sehr oft, man kann sagen täglich, in den Wald, wobei sie gewöhnlich morgens weg ging und abends zurückkehrte. Sie hat auch hier nie irgendwelche Äußerungen getan, daß sie sich bedroht fühlte und Angst habe oder daß ihr sonst irgend etwas Besonderes bei ihren Gängen im Wald aufgefallen wäre. Ich kann mir nicht denken, wer diese Tat ausgeführt haben könnte.«

Kein Zweifel: Die Tote ist Hedwig Emilie Buck, geb. 16.2.1865 in Schneeberg/Erz., wh. Schneeberg, Rosenthal 5, Witwe.

Auch Hannahs Schwester Mathilde ist von diesem Tod der Mutter erschüttert: »Am 22.9.1948 kam mein Schwager, Heinrich Wauer, aus Schneeberg zu mir nach Zwickau und teilte mir mit, daß die Mutter tot aufgefunden worden wäre. Er sagte noch, man hätte sie mit einem Kopfschuß in einem Wald gefunden. Über diese Mitteilung war ich einfach sprachlos. Ich kann mir überhaupt nicht denken, wer diese Tat begangen haben könnte und was da überhaupt vorgelegen haben kann.

Wir Geschwister vertragen uns untereinander und auch mit unserer Mutter sehr gut. Auch hat meine Mutter mir gegenüber nie geklagt, daß sie es in Schneeberg bei meiner Schwester schlecht hätte. Im Gegenteil, sie würde von dort immer unterstützt.«

Auch Bruder Reinhard hat keine Erklärung. Sicher, er kommt wegen der Arbeit selten zur Mutter nach Hause, aber sie besuche ihn öfter. Es gab keinen Streit und es gibt keinen zwischen ihnen. Überhaupt, aus der Familie traue er keinem solche Tat zu. Der Verdacht allein ist absurd. Und Mutter Hedwig besaß nichts von Wert, sie bezog seit Vaters Tod im Jahre 1932 nur eine Rente, deren Höhe sie dem Sohn jedoch verschwieg. Sie wohnte bei Hannah, der Schwester, geklagt hat sie nie. Auch die Geschwister untereinander hätten das beste Verhältnis. Wer denn begeht eine solch sinnlose Tat? Wer?

Auch Hedwig Bucks Nachbarin im Hause, Elsa Bangemann, hat keine Erklärung: »Ich wohne bereits 10 Jahre im Hausgrundstück Rosental 5 und kenne seit dieser Zeit auch Frau Buck. Dieselbe ist mir als eine ruhige, ordentliche und arbeitsame Person bekannt. Ich weiß, daß sie fast täglich in den Wald ging, um sich etwas Holz oder Pilze zu holen. Sie ging meist früh weg, kam gegen Abend zurück und legte sich dann gewöhnlich gleich schlafen. Dies wiederholte sich an anderen Tagen aufs Neue, so daß uns Hausmitbewohnern tatsächlich nicht aufgefallen ist, wenn sie einmal ein paar Tage nicht zu sehen war.

Auch ist sie manchmal zu ihrer Tochter bei Stollberg gefahren, wo sie gewöhnlich auch 2 Tage unterwegs war. Mit ihren Kindern hat sie sich, soweit ich darüber ein Urteil abgeben kann, gut vertragen. Streitigkeiten oder dergleichen habe ich jedenfalls noch nicht wahrgenommen.

Es ist mir auch bekannt, daß sie keinen Ring oder Schmuck

getragen hat und wohl solches überhaupt nicht besitzt. Über ihre Vermögensverhältnisse kann ich keine Angaben machen. Ich weiß nur, daß sie Rente bezieht.«

Als die Wauers das Fehlen der Mutter entdeckten, hat Elsa Bangemann vom schrecklichen Verdacht erfahren, der sich leider bestätigt hat. Es ist auch ihr unerklärlich, wer Grund hat, die Frau zu töten.

Hinweise und Spuren, die zu einer Aufklärung führen, kann die Polizei nicht ermitteln. Einen halben Monat nach der Tat, am 1. Oktober, schreibt der ermittelnde Kriminal-Obersekretär Staßfurt seinen Abschlußbericht. »Über das Motiv dieser gemeinen Tat an einer vollkommen wehrlosen, 83jährigen Frau fehlt jeder Anhaltspunkt.

In Anbetracht dessen, daß in der Nähe des Tatortes in letzter Zeit wiederholt Raubüberfälle von »unbekannten Personen« auf Personen ausgeführt wurden, wobei es der oder auch die Täter auf Schmuck (Uhren, Ringe), sowie auf Geld abgesehen hatte und auch vor Gewaltanwendung nicht zurückschreckten, kann man der Annahme sein, daß es sich in vorliegendem Falle um einen solchen Raubüberfall handelt, bei dem der Täter mit der Schußwaffe vorging. Dem spricht allerdings entgegen, daß die B. keinerlei Wertgegenstände zur Zeit der Tat bei sich führte.

Bemerkt sei, daß die B. in ärmlichen Verhältnissen im Hause ihrer Tochter wohnte, und, wie festgestellt wurde, mit ihren Kindern in Eintracht lebte. Es konnte über ihre Angehörigen nichts Nachteiliges in Erfahrung gebracht werden. Beweise, daß von dieser Seite aus ein Verbrechen vorliegen könnte, waren nicht zu erbringen.

Die Kreiskommandantur Aue wurde von dem Vorfall betreffs des Mordes und der Raubüberfälle in Kenntnis gesetzt und sagte zu, das betreffende Gebiet im Auge zu behalten. Beweisstücke zu StA Zwickau, bei Erfolg wird nachberichtet.«

Nachberichtet hat Kriminal-Obersekretär Staßfurt nie. Der Mordfall Hedwig Buck blieb ungeklärt.

Die Grimmaer Massenvergiftung

Ein Arzneimittelskandal, Grimma 1951

Am 12. Dezember 1951 meldet die Polizei Leipzig: Massenvergiftungen im Kreiskrankenhaus Grimma: »Am heutigen Tage gegen 12 Uhr wurde vom VPA Grimma, Abtlg. K-Komm. C, fernmündlich nach hier mitgeteilt, daß dort soeben bekannt geworden sei, daß im Stadtkrankenhaus, fünf herzkranke Patientinnen vom Arzt Dr. Gotthilf Weißhaupt mit Strophanthin injiziert wurden, an dessen Folgen schon nach 2 Minuten die erste Person verstorben sei. Zwei weitere Patientinnen befänden sich bereits in der Agonie und bei den beiden anderen sei der Zustand ebenfalls sehr bedenklich. Nach Angaben des VPKA Grimma habe der behandelnde Arzt erklärt, daß die Ampullen nach seiner Meinung eine 10fach stärkere Konsistenz wie auf den Etiketten angegeben haben müßten.«

Strophanthin ist ein Herzglycosid und wurde früher zur Behandlung von Herzkrankheiten eingesetzt. 1859 wurde die Wirkung des Strophanthus-Samens entdeckt, als während der Livingstone-Expedition in Afrika die Zahnbürste eines Biologen von diesem unbemerkt in Kontakt mit dem Strophanthus-Pfeilgift kam und unmittelbar darauf dessen Herzbeschwerden verschwanden. Die therapeutische Weiterentwicklung und der Nachweis der schnellen und starken Wirkung bei intravenös verabreichtem Strophanthin geht auf den deutschen Arzt Albert Fraenkel zurück, der es ab 1905 bei Herzinsuffizienz anwandte.

»Bei einer Überdosierung kann es zu erheblichen Nebenwirkungen kommen. Die Erregungsleitung im Reizleitungssystem wird unter Umständen bis zur totalen Blockade gebremst. Herzrhythmusstörungen werden gefördert, typisch ist das Auftreten eines Zwillingspulses. Außerdem können Appetitlosigkeit, quälende Übelkeit, Erbrechen, Durchfälle und Sehstörungen wie Augenflimmern, Farbsehen oder Doppelbilder die Folge sein. Diese charakteristischen Zeichen der Strophanthin-Überdosierung können bereits nach der eineinhalbfachen Dosis auftreten. Wegen ihrer schmalen therapeutischen Breite und ihrer Nebenwirkungen werden Herzglycoside immer seltener zur Behandlung von Herzinsuffizienz eingesetzt.«

Fünf Patientinnen des jungen Stationsarztes Dr. med. Gotthilf Weißhaupt zeigen die typischen Vergiftungssymptome. Kein Vierteljahr übt Weißhaupt seinen Beruf in der Frauenklinik Grimma aus. Er ist 27 Jahre, gerade mit dem Studium fertig. Sein Gehalt beträgt 700 MDN. Er kann sich die Katastrophe nicht erklären. Er hat anweisungsgemäß gehandelt, die Therapien abgesprochen. Die Patientenakten bestätigen seine Aussagen. Trotzdem versterben zwei weitere Patientinnen. Die sechzigjährige Helene Wuckel sollte am nächsten Tag entlassen werden. Jetzt stehen die Verwandten vor ihrer Leiche.

Die Polizei stellt sofort die Medikamente sicher und läßt sie untersuchen. »Behandelt wurde mit 1,1 ccm 0,25 mg Strophantin, das auf 2 ccm durch Physicl. Kochsalzlösung aufgefüllt wurde.« Die Kochsalzlösung kann als Ursache ausgeschlossen werden, da sie auch anderen Patienten verabreicht wurde. Verunreinigungen und Sterilitätsfehler sind nicht feststellbar. Am

Hallenser Institut sind Versuche mit dem eingesandten Strophanthin »an Meerschweinchenherzen vorgenommen worden mit dem Ergebnis, daß das beanstandete Material 4mal stärker wirkte, als das entsprechende Vergleichsmaterial.« Und in Leipzig teilte »auf fernmündliche Rückfrage bei Dr. med. Harprecht vom pharmakologischen Institut der Universität mit, daß zunächst unter großem Vorbehalt gesagt werden könne, daß das beanstandete Material etwa die dreifache Menge des wirksamen Medikaments enthalte als das mit übergebene Vergleichsmaterial. Die Untersuchungen seien an einer Katze erfolgt. Froschversuche seien zur Zeit noch im Gange. Näheres Ergebnis könne eventuell am 15. Dezember morgens mitgeteilt werden.« Somit ist die Überdosierung des Strophanthins als todesursächlich nachgewiesen. Noch immer kämpfen zwei Patientinnen Dr. Weißhaupts in der Frauenklinik Grimma mit dem Leben. Sie zeigen die klassischen Symptome wie »Erbrechungen, kalten Schweißausbruch, starke Verlangsamung des Pulses, Angstgefühle und starke Lippencyanose.«

Die Strophanthinvergiftung scheint kein Verbrechen üblicher Erfahrung. Das Ministerium für Staatssicherheit übernimmt die Ermittlungen, ein staatsgefährdender Anschlag kann nicht ausgeschlossen werden. Die tödlichen Ampullen sind Teil der Charge 507081 und hergestellt durch die chemische Firma Gaudlitz & Arndt in Leipzig, Max-Liebermann-Straße 40. Die restlichen Ampullen im Lagerbestand werden beschlagnahmt. Allein verantwortlich für die Produktion dieses strophanthinhaltigen Medikaments ist der 60jährige Apotheker Ernst Teubner. »Auf Befragen erklärte der, daß es undenkbar sei, daß die Füllung von Strophanthin-Ampullen zu ¼ mg eine erheblich stärkere Beschaffenheit aufweisen. Es sei höchstens denkbar, daß der zur Zubereitung der Strophanthinlösung benötigte

Ballon infolge mangelhafter Reinigung kristallisierte Rückstände aufwies und durch deren Auflösung bei der nächstfolgenden Tagesproduktion von Strophanthin diese Lösung um Bruchteile stärker war, als es dem Rezept entspricht. Eine andere Möglichkeit für eine Überdosierung der Ampullen ist nach Angaben des Teubner nicht denkbar. Eine Kontrolle des versandfertigen Strophanthin erfolgte nach Angaben des Teubner durch ihn selbst von Zeit zu Zeit und erbrachte bisher noch keine Abweichungen vom Rezept.« Hergestellt wurden die Ampullen am 7. August 1951. Danach wurden 5.000 davon ausgeliefert, auch den Apotheken in Grimma, woher sie das Krankenhaus bezog. Seit vier Monaten wurden sie landesweit zur Behandlung eingesetzt, Beanstandungen zur Wirksamkeit hatte es bislang nicht gegeben. In Grimma versterben daran drei Menschen.

Industrie-Apotheker Ernst Teubner feierte am 4. Dezember seinen 60. Geburtstag. 1891 wurde er in Leipzig geboren. Seit 1926 ist er verehelicht. Die Familie wohnt Lamprechtstraße 17, Nähe Volkshain Stünz. Gut eine Woche nach seinem Jubiläum steht Teubner im Verdacht, drei Frauen aus Fahrlässigkeit getötet zu haben. Es ist kein Nachweis seiner Schuld erbracht, doch Teubner leidet. Er ist im Visier der Staatssicherheitsbehörde. Und die Ermittler stellen in seinem Lebenslauf Vorstrafen fest. 1939 verurteilte man ihn aufgrund von Unterschlagung und Betrug. Ein Jahr, neun Monate lautete das Urteil. Damals war Teubner Kassierer bei der Firma Robert Lienau, er arbeitete als Expedient, kaufmännischer Angestellter, Lagerist, und er war als Aushilfskraft bei der Sächsischen Landeskreditanstalt tätig. Im Jahr 1949 stellte ihn die Firma Görlitz als Industrie-Apotheker ein. Auf Empfehlung übernahm ihn am 1. Juli 1951 die chemische Firma Gaudlitz & Arndt. Ein Hochschulabschlußzeugnis als Pharmakologe besaß Ernst Teubner nicht. Er kann nicht einmal einen Nachweis seiner Ausbildung zum Apotheker erbringen. Einzig der Hinweis existiert, daß er von 1909 bis 1912 als Apothekenlehrling beschäftigt gewesen sein soll. Konjunktiv. Teubner ist Mitglied von FDGB, DSF, SED, er ist gesellschaftlich aktiv. Mehrere Vorträge hat er als SED-Betriebsgruppensekretär gehalten. Sommer 1951 war Ernst Teubner im Betrieb alleinverantwortlich für die industrielle Herstellung von Strophanthin. Keiner hatte seine Befähigung dafür geprüft. Jetzt war die Katastrophe eingetreten: Teubners Medikamentenmix war tödlich. Oder?

Am 15. Dezember wird die Polizei vormittags 10 Uhr nach Stünz gerufen. »Es handelt sich um die Wohnung Lamprechtstraße 17, Erdgeschoß rechts, die aus Stube, Kammer, Küche und Klosett besteht. Im Schlafzimmer steht rechts neben der Tür ein Schlafstubenschrank, links neben der Tür eine Kommode und daneben ein Schrank. Halb links gegenüber der Tür stehen die Ehebetten und neben jedem Bett ein Nachttischchen. Im hinteren Bett am Fenster liegt die Leiche auf der rechten Seite. In der Hüfte ist der Tote etwas nach rechts verdreht. Die Beine sind leicht angewinkelt, der Kopf liegt zum Teil auf dem rechten Oberarm und mit der vorderen Gesichtshälfte auf der Bettkante. Der rechte und linke Arm hängt zum Bett heraus in einem vor dem Bett stehenden Zinkeimer. An beiden Armen oberhalb des Handgelenkes ist ein tiefer Schnitt sichtbar, welcher mit Sicherheit die Pulsader durchschnitten hat. Am linken Arm ist die Verletzung ca. 5 cm lang, ¾ cm tief und 3 cm breit. Am rechten Arm ist die Wunde ca. 3 cm lang, ¾ cm tief und 2 cm breit. Die Totenstarre ist noch nicht voll ausgebildet. Die Totenflecke sind deutlich sichtbar. Die Totenkälte ist noch nicht vorhanden. Die Leiche greift sich warm an. In dem vor dem Bett stehenden Eimer befand sich eine größere Menge Blut.«

Gerda Teubner hatte ihren Gatten tot gefunden. Sie kam früh 8 Uhr vom Krankenbesuch bei Schwester und wähnte ihren Mann auf Dienstreise in Gotha. Von der Dramatik des Geschehens hatte sie noch nichts erfahren. Es traf sie wie ein Schlag. Ernst hatte bis zum Lebensschluß an sie gedacht, ließ sein Blut in einen Eimer laufen. Gerda sollte nicht die Wohnung reinigen müssen. Und Gerda findet Ernst Teubners letzte Worte. Ein Schreiben, fünf Zettel:

Ich bezeuge hierdurch eidlich, daß ich freiwillig aus dem Leben geschieden bin.

13.12.1951 Ernst Teubner

1.

Grüße bitte Anita, Bergers und Elisabeth und Brigitte nochmals von mir.

2.

Alles, was ich hinterlasse, gehört ausschließlich meiner Frau als mein Erbe. Dies ist mein letzter Wille bei vollem Bewußtsein.

Ernst Teubner

3.

Meine Firma hat an Dich noch zu zahlen:

7 Tage Gehalt (Ferien) bis 21.12.

Wahrscheinlich erhälst Du das ganze Dezembergehalt bis 31.12. und noch Gehalt bis zum 15. Januar, d. h. noch für

Dezember	225,30
und Januar	219,--
	444,30

Ferner vom Geschäft abholen für Zahlung von der Ortskrankenkasse, dann erhälst Du Begräbnisgeld von der Gewerkschaft, was die Firma noch auszahlen muß, ca. 150 DM, so daß Du in allem erhalten wirst schätzungsweise 744 DM, wovon allerdings die Begräbniskosten abgehen.

Bitte sage der Firma, daß es mein Wunsch ist, daß niemand mit zur Beerdigung geht und auch keinen Kranz. Du brauchst Dich nicht zu zieren, wenn sie stattdessen Dir das gesamte Geld geben.

4.

Meine liebe gute Frau, Du weißt, weshalb ich diesen Schritt tuen muß und Dich allein zurücklassen muß. Vergib mir diesen Schritt, wie ich auch zu Gott bitte, daß er mir vergeben möge. Denke immer gut von Deinem Ernst.

Ich wollte eigentlich noch heute nach der DHZ Gotha fahren, aber nun hat sich ja alles erledigt und ich kann meinen Vorsatz zu Hause ausführen, da Du nicht da bist.

Sei nicht traurig, es muß sein.

5.

Im Geschäft bei Gaudlitz & Arndt Tel. 50345 anrufen oder selbst hingehen. Max-Liebermann-Straße 40, Linie 6, am oberen Ende der Johnny-Scheer-Straße.

Vom Arzt drei Totenscheine ausstellen lassen und mit in das Geschäft nehmen.

Gehalt vom Geschäft abholen.

Ich habe noch 7 Tage Ferien bezahlt zu erhalten.

Die Schlußfolgerungen der Ermittler sind schnell gezogen. »Teubner war sich bewußt, daß er der verantwortliche Mann für das hergestellte Medikament war und war kopflos geworden … es dürfte zweifelsfrei feststehen, daß es sich hier um einen Selbstmord durch Pulsaderschnitt handelt. Teubner hatte Angst vor einer evtl. zu erwartenden Strafe … Es bleibt den verantwortlichen Stellen vorbehalten, künftig derart wertvolle Medikamente solchen Firmen innerhalb der DDR zu Arzneimittelherstellung anzuvertrauen, die auch tatsächlich die Gewähr dafür bieten, daß eine sorgfältige Zubereitung und eine dem Zweck entsprechend einwandfreie Herstellung garantiert ist.

Unerklärlich bleibt es aber, daß es bei einer Anzahl von 5.000 Ampullen je Charge nicht zu weiteren Komplikationen gekommen sein soll, da kaum denkbar ist, daß nur einzelne Ampullen der Charge verwendbar waren. Obwohl die oberen Bruchteile der in Grimma benutzten Ampullen nicht beigezogen werden konnten und es dadurch unkontrollierbar ist, ob diese vielleicht nachträglich in böswilliger Weise geöffnet und verfälscht wurden, wird es für ratsam gehalten, durch das Min. f. Gesundheitswesen der DDR Nachfrage über Sterbefälle zu veranlassen, wo mit Strophanthin behandelt worden war, da es durchaus möglich ist, das bei dezentralem Auftreten die Folgen der Strophanthinwirkung weniger Beachtung finden.

Durch eine Betriebsbegehung in Leipzig durch die Verw. f. Staatssicherheit und der Staatl. Kontrolle war man gleichfalls auf den Abteilungsleiter der Herstellerfirma aufmerksam geworden, welchem die Mischung des Strophanthin oblag. Die Mordkommission Leipzig hatte bereits dessen Festnahme vorgesehen, wurde aber rechtzeitig vom Min. f. Staatssicherheit benachrichtigt, vorläufig nichts weiter zu unternehmen. Erst als am 15.12.51 der Selbstmord des Abt.-Leiters bekannt wurde, ist die Mordkommission mit der Weiterbearbeitung des Vorgangs betraut worden.

Der Geschädigte hatte sich durch Pulsaderschnitt gerichtet

und gibt in seinen Abschiedsbriefen an, daß er ein Schuldgefühl nicht los wird, obwohl er selbst keine Erklärung für die Vergiftungsfälle finden kann. Die Ursache der Ableben in technischen Fehlern bei der Injektion zu suchen, scheidet wohl durch die vorgenommene Probenuntersuchung aus. Es wird nochmals darauf hingewiesen, daß ein Bestimmungserlaß für die pharmazeutischen Betriebe, der vorschreibt, daß von jeder Charge eine Probe zurückbehalten werden muß, unerläßlich ist.«

Fall geklärt – Fragen bleiben. 5.000mal verseuchtes Strophanthin, dreimal nur war es tödlich. Nicht alle Ampullen der Charge 507081 konnten zurückgerufen werden. Anzunehmen ist, daß sie verabreicht wurden, doch kein weiterer Todesfall ist aufgetreten.

Strophanthin war als Substanz mit tödlicher Wirkung bekannt. Der Mordprozeß Dr. Peter Richter war 1923 aufmerksam medial begleitet worden. Der Arzt hatte seiner Geliebten Käthe Mertens das Gift in einer vorgetäuschten Untersuchung rektal beigebracht. Der Tod des Maxim Gorki soll auf eine Überdosis Strophanthin zurückzuführen sein, verabreicht von Stalins Kommando des NKWD. Unstrittig, daß deutsche Faschisten in KZs damit mordeten. Und auch 1975 brachte ein Pfleger sieben Patienten mit dem Herzglycosid um.

Mordmotive wären denkbar, die Akte beinhaltet keinen Bericht von Ermittlungen in dieser Richtung. Hatte Dr. Gotthilf Weißhaupt Feinde? Wollte ein anderer seine Stelle besetzen? Gab es private Gründe? Liebe? Geld? Sollte nur eine der Patientinnen sterben? War Ernst Teubner wirklich schuldig? Er wußte es selbst nicht. Anderes ist heute nicht mehr beweisbar.

Schüsse im Finsteren Winkel

Der Fall Oswin Fuchs, Tellerhäuser 1949

1214 Meter ü. d. M.: Der Fichtelberg ist der höchste des Erzgebirges. Vor Ort suchen Urlauber Erholung. Oberwiesenthal, Tellerhäuser, Rittersgrün heißen die Gemeinden. Wintersport findet im Gebiet ideale Voraussetzungen. Für Wanderfreunde gibt es ein gut ausgeschildertes Wegenetz zu Hochmooren, nach Tschechien, zum Wettinbrunnen und zu allen Bergesgipfeln. Bergleute besiedelten das Erzgebirge bereits im 13. Jahrhundert. Das Berufsbild existiert nur noch im Museum wie die Schmalspurbahn und die Maschinen alter Industrie. Schnitzerei und Volkskunst haben sich bis heute erhalten. Tourismus ist gegenwärtiges Schlagwort.

1949 legten Bewohner auf Traditionen und Fremdenverkehr weniger Wert. Menschen kämpften ums Überleben. Krieg und Befreiung hatten Opfer gefordert. Die Sowjetische Besatzungsmacht ordnete an und kontrollierte und übertrat willkürlich die Gesetzesgrenzen. An Nahrungsmitteln herrschte Mangel. Fleisch war Delikatesse. Wildschützen schossen sich selbst das Mahl und verkauften illegal. Polizisten hatten einen schweren Stand. Ermittlungen brachten selten Erfolg. Trotzdem lief man Streife, um Präsenz zu beweisen. Auch am 15. Juni 1949. Polizeiwachtmeister Fuchs kehrt von diesem Einsatz nicht zurück.

»Am 16.6.1949, gegen 14.45 Uhr, teilt das Kreispolizeiamt Aue mit, daß der Pol.-Hauptwachtmeister Oswin Fuchs, geb. 4. 7. 1896 in Schlaggenwald, Krs. Ellenbogen, wohnh. Rittersgrün U35, im Jagen 64, Raschauer Revier, erschossen aufgefunden worden sei. Um die Entsendung der Mordkommission wird gebeten.«

»Nach Eingang vorstehender Fernsprechmitteilung begab sich die Mordkommission an den Tatort. Zur Information wurde zunächst das Polizeiamt Aue aufgesucht. Hier befand sich der einzige Tatzeuge, Pol.-Oberwachtmeister Karl Neumann, der, kurz zur Sache befragt, angab, er sei mit seinem Kameraden, dem Pol.-Hauptwachtmeister Oswin Fuchs, am fraglichen Tage im sogenannten ›Finsteren Winkel‹ auf Streife gewesen und dort plötzlich aus Richtung Hundsmarter Flügel beschossen worden. Beide seien dann nach dem Hochwald zu in Deckung gegangen, wo wiederum auf sie geschossen worden sei. Da sie flüchteten, habe er seinen Kameraden verloren und sei der Annahme gewesen, daß sich Fuchs, so wie er, auf dem Heimweg befinde. Erst als Fuchs nicht auf der Dienststelle erschien, wurde am anderen Tage eine Suchaktion eingeleitet, wobei er in der Abteilung 64 noch lebend und ohne Besinnung aufgefunden wurde. Inzwischen sei sein Kamerad im Stadtkrankenhaus Aue verstorben.

Neumann wurde mit dem Wagen der Mordkommission mit an den Tatort genommen. Am Tatort selbst erschien der Leiter der Kriminalpolizei Zwickau, der Leiter des Kreispolizeiamtes Aue und der Leiter der Kriminalpolizei Aue. Des weiteren erschienen drei Offiziere der Stadtkommandantur.

Der Tatort selbst befindet sich im ausgedehnten Waldgelände auf Raschauer Flur, etwa 7 km östlich von der Ortschaft Rittersgrün, in der Abteilung 64. Durch gute Wegeverhältnisse ist der Tatort mit dem Kraftfahrzeug gut zu erreichen. Auf dem sogenannten Hundsmarter Flügel (es handelt sich um eine gut befahrbare Straße) ist der Weg beiderseitig von Hochwald umgeben. Auf einer Anhöhe steht, wenn man von Rittersgrün kommt, rechts ein Hochstand, links von diesem dehnt sich eine etwa 315 x 150 m große Lichtung aus. Wiederum etwa 285 m vom Hochstand aus führt nach links eine Schneise in den Wald. Auf dieser gelangt man zur Abteilung 64. Hier liegt etwa 50 m von der Schneise aus der Fund- bzw. Tatort rechts in einem ca. 50- bis 60jährigen Fichtenbestand. Die Stelle, wo der Pol.-Hauptwachmeister Fuchs gefunden wurde, konnte nach den Angaben des Pol.-Oberwachtmeisters Neumann festgelegt werden. Fuchs wurde, wie Neumann angibt, auf dem Rücken liegend, lebend, jedoch ohne Besinnung, gefunden. Am oberen Teil des Hinterkopfes befand sich eine Schußwunde. Die Mütze habe neben Fuchs gelegen. Diese zeigt zwei Zentimeter vom hinteren Mützenrand einen Einschuß und vorn über dem Mützenrand einen Ausschuß. Weiter sagt Neumann, daß auf dem Hundsmarter Flügel, direkt vor der Schneise, ein grauer Pkw, den er nicht näher bezeichnen kann, gestanden habe.

Abdrücke eines Reifenprofiles konnten an jener Stelle nicht gesichert werden, da diese weder für einen Abdruck noch für eine Fotografie geeignet waren. Lediglich im weichen Boden der Schneise konnten mehrere Fußabdrücke festgestellt werden. Zwei davon wurden durch den Erkennungsdienst mit Gips ausgegossen und so gesichert. Ob es sich um Spuren vom Täter oder von Tatortberechtigten handelt, kann allerdings nicht gesagt werden. Während des Suchens nach Patronenhülsen wurde, etwa 63 m von der Straße entfernt, in der Schonung ein geschossener Hirsch gefunden. Der Einschuß liegt im Pansen, der Ausschuß in der Nähe der rechten Halsschlagader.

Am 17.6.1949 erschien der Polizeichef aus Chemnitz am Tatort. Der Tathergang wurde nochmals rekonstruiert, weitere Anweisungen wurden erteilt. Die Leiche des F. wurde beschlagnahmt und zwecks Sektion dem Pathologischen Institut des Heinrich-Braun-Krankenhauses Zwickau zugeführt. Die Sektion selbst ergab nichts von Bedeutung, das zur Ermittlung des Täters führen könnte. Desgleichen ergab die Untersuchung der Dienstmütze des F. nichts Positives. Es kann lediglich gesagt werden, daß es sich um einen Weitschuß über 50 m handelt.«

»Die Sektion des Fuchs ergab einen ausgedehnten, rinnenförmigen Defekt im Schädeldach mit ausgedehnten Zertrümmerungen, Zermatschungen und teilweisem Defekt in der Großhirnhälfte rechts, die bis an das Kammersystem heranreichen und dieses eröffnen. Die schwersten Verletzungen haben den Tod des F. infolge Atemlähmung bedingt. Über Ein- und Ausschuß sind in diesem Falle keine Angaben möglich, da die Schußwunden operativ angegangen waren und die zertrümmerten Knochenteile entfernt wurden. Ebenso ist es nicht möglich, über das Geschoß oder die Geschoßart Angaben zu machen. Die operative Umschneidung in der Kopfschwarte sowie harten Hirnhaut waren regelrecht ausgeführt.« Ärzte trifft am Tode des Polizeiwachtmeisters keine Schuld, sie konnten ihn nicht retten.

»Zur Sache gehört wurde der Pol.-Oberwachtmeister Karl Neumann, geb. am 21.9.1893 in Rittersgrün, wohnh. Rittersgrün O 33 b, der angibt: ›Ich bin seit Mai 1945 bei der Volkspolizei. Seit dieser Zeit tue ich Dienst beim Pol.-Posten in Rittersgrün. Am Sonntag, den 12.6.1949, erschien der Kreispolizeiamtsleiter Günther auf meiner Dienststelle und gab mir persönlich den Auftrag, im sogenannten Finsteren Winkel, Raschauer Revier, Streifengänge durchzuführen, da in dieser Gegend vermutlich Wilderer am Werk seien. Gestern, am 15.6.1949, gab mir mein Dienststellenleiter, Pol.-Wachtmeister Willisch, den Auftrag, mit Pol.-Wachtmeister Fuchs eine Streife im bereits genannten Gebiet durchzuführen. Gegen 18.00 Uhr begab ich mich mit Fuchs in das schon bezeichnete Gebiet. Bemerken möchte ich, daß es sich um ausgedehnte Waldungen handelt, die bis in das tschechische Gebiet reichen. Wir gingen zunächst die Flößbahnstraße entlang in Richtung Finsterer Winkel. Wir befanden uns gegen 21.15 Uhr auf der Flößbahnstraße, als wir plötzlich einen Schuß aus Richtung Nordosten fallen hörten. Wir besprachen uns, auf diesen Schuß oder vielmehr in Richtung dieses Schusses zu gehen. Auf der Schneise, Abteilung 64, nahm ich das Glas und suchte die dort befindlichen Hochstände ab, konnte aber nichts Verdächtiges wahrnehmen. Plötzlich kamen aus der Richtung Südwest 2 Schüsse, die etwa 15–20 m vor uns in den Boden einschlugen. Die Schützen waren nicht zu sehen. Aufgrund dieses Vorkommnisses gingen wir seitwärts in den Hochwald, um gegen eventuelle weitere Schüsse gedeckt zu sein. Nach etwa 5 Minuten Weges, Fuchs stand etwa 10–15 m von mir entfernt, fielen wiederum 2 Schüsse, die zwischen uns beiden hindurchgingen. Hier muß ich einflechten, daß mit Leuchtspurmunition geschossen wurde, denn ich konnte die Kugeln vorbeifliegen sehen.

Auf Vorhalt: Wenn mir vorgehalten wird, ob ich eine oder zwei Kugeln sah, so muß ich erklären, daß ich wohl genau sagen kann, daß es zwei Schüsse waren, die, wie die ersten zwei, kurz aufeinander folgten, aber ob ich nun auch zwei Kugeln oder nur eine vorbeifliegen sah, kann ich nicht mit Bestimmtheit angeben.

Auf weiteren Vorhalt: Wenn mir weiter vorgehalten wird, warum wir das Feuer, da wir mit Pistolen bewaffnet waren, nicht erwiderten, so muß ich erklären, daß sowohl Fuchs als auch ich annahmen, daß es sich in den Schützen um Angehörige der Besatzungsmacht handeln könnte.

Frage: Woraus schlossen Sie, daß es sich in den Schützen um Angehörige der Besatzungsmacht handeln könnte?

Antwort: Einmal, weil wir von der Schneise aus auf der Straße einen grauen Personenkraftwagen stehen sahen, zum anderen, weil es sich um Leuchtspurmunition handelte, und schließlich, weil, nach dem Fallen der Schüsse, die Schützen sich in einer mir unverständlichen Sprache riefen.

N. gibt weiter an: Kurz und gut, nachdem die letzten Leuchtspurschüsse gefallen waren, ergriffen Fuchs und auch ich die Flucht, ohne von unserer Waffe Gebrauch gemacht zu haben. Es war dies in der Zeit von 21.30–21.45 Uhr, und es fing bereits an zu dämmern. Ich lief in einen etwa 50jährigen Fichtenbestand davon. Ob nun Fuchs das gleiche getan hat, weiß ich nicht, denn ich hatte ihn im gleichen Moment aus den Augen verloren. Nach etwa 50 m Wegstrecke legte ich mich ins Unterholz und wartete zunächst einmal ab. Nach etwa 10 Minuten hörte ich, wie das auf der Straße stehende Kraftfahrzeug in Richtung Oberwiesenthal davonfuhr. Nach einer Weile stand ich auf und rief: ›Oswin!‹ Ich rief dies einige Male, erhielt aber keine Antwort.

Ich nahm nun an, Fuchs habe sich zu weit von mir entfernt und wolle den Heimweg antreten. So tat ich dann das gleiche. In der Zwischenzeit allerdings war es im Wald bereits dunkel geworden. 1.00 Uhr morgens erschien ich dann auf der Dienststelle, wo ich Pol.-Wachtmeister Willisch Bericht erstattete. Wir besprachen uns gemeinsam, was zu tun sei, und kamen zu dem Entschluß, erst einmal abzuwarten, bis Fuchs selbst erscheine.

Auf Vorhalt: Ich habe nicht im Entferntesten angenommen,

daß Fuchs eventuell verletzt sein könnte, und zwar deshalb nicht, weil er nach meinem Dafürhalten dann bestimmt noch einmal nach mir gerufen hätte. Ferner war mir, sowohl auch meinem Dienststellenleiter, bekannt, daß Fuchs in dieser Gegend unkundig ist, und wir nahmen an, er habe sich vielleicht verirrt und werde bei Tagesgrauen schon den rechten Weg finden.

N. gibt weiter an: Ich blieb noch auf der Dienststelle mit Willisch bis 3.30 Uhr morgens und ging dann nach Hause. Gegen 6.00 Uhr war ich wiederum auf der Dienststelle und stellte fest, daß Fuchs noch immer nicht eingetroffen war. Willisch hat jetzt den Kreispolizeiamtsleiter Günther vom Vorgefallenen in Kenntnis gesetzt, der gegen 6.30 auf der Dienststelle erschien. Günther hat sofort eine Suchaktion veranlaßt [...] Unter meiner Führung wurde dann gegen 7.30 Uhr Fuchs an der Stelle gefunden, an der die beiden letzten Schüsse fielen. Er lag lang ausgestreckt auf der rechten Seite, die Mütze neben ihm. Ich sah sofort, daß Fuchs eine Schußverletzung am Hinterkopf hatte. Er stöhnte und gab auf Anruf keine Antwort. Wir fuhren ihn zu Dr. med. Eisold in Rittersgrün. Hier bekam er zunächst zwei Spritzen, worauf er dann leise meinen Namen nannte. Es folgte eine sofortige Überführung ins Krankenhaus Aue, wo er, wie mir mitgeteilt wurde, gegen 14.00 Uhr verschied.

Auf besonderen Vorhalt: Wenn mir vorgehalten wird, warum ich nicht wenigstens einen Warnschuß abgegeben habe, so muß ich nochmals sagen, daß ich stark aus den angeführten Gründen der Meinung bin, es handele sich um Angehörige der Besatzungsmacht, und ich weiß genau, daß ich in einem solchen Falle von der Waffe keinen Gebrauch machen darf. Weiter möchte ich betonen, daß selbst der Herr Kreiskommandant festgestellt hat, daß in dieser Gegend rechtswidrig auf Wild geschossen wird. Weiter kann ich zur Sache nichts angeben. Meine Aussagen entsprechen der Wahrheit und wurden von mir ohne jeden Druck oder Zwang vollkommen freiwillig gemacht, was ich durch meine eigenhändige Unterschrift bestätige.

Vermerk: Auf der Wache von Rittersgrün wurde die Dienstpistole des Neumann einer Kontrolle unterzogen. Die Waffe enthielt im Magazin 5 Schuß Munition, die mit der im Waffenbuch eingetragenen Anzahl übereinstimmt. Der Lauf war sauber.«

»Zur Sache gehört wurde der Dienststellenleiter Anselm Willisch, geb. am 2.1.1895 in Rittersgrün, wohnh. Rittersgrün 33 i, und gibt an: Seit 10.5.1949 bin ich Angehöriger der Volkspolizei und leite auch seit dieser Zeit die Dienststelle. Der Dienststelle waren vier Polizisten zugeteilt, u. a. auch der Fuchs. Das umfangreiche Waldgebiet dieser Gegend ist natürlich ein Tummelplatz der Wilderer. So hatte die Dienststelle laufend Waldkontrollen ausgeführt.

Am 12.6.1949 erschien der Kreispolizeiamtsleiter Günther auf der Dienststelle und beauftragte uns damit, intensive Waldkontrollen durchzuführen, da er wieder Schüsse im Wald gehört hätte. Am 15.6. begaben sich dann Oberwachtmeister Neumann und Hauptwachtmeister Fuchs auf Waldstreife. Neumann war mit Dienstpistole bewaffnet, während Fuchs ohne Schußwaffe war.

Auf Vorhalt: Wenn mir vorgehalten wird, warum nur 1 Pistole dieser Streife zur Verfügung stand, so muß ich erklären, daß wir, d. h.die Dienststelle, vier Mann und nur drei Pistolen haben. Die 1 Pistole wurde dringend für eine Straßenstreife benötigt, die andere verblieb bei mir in der Dienststelle und die dritte schließlich hatte Oberwachtmeister Neumann.

W. gibt weiter an: Ein besonderes Aufgabengebiet wurde den beiden nicht zugewiesen. Sie sollten lediglich in der Gegend des Finsteren Winkels besonders Obacht geben. Gegen 1.00 Uhr kam Neumann allein zurück und erklärte, daß sie aus dem Hinterhalt beschossen worden seien. Beim Ausweichen habe er Fuchs verloren und er nähme an, daß er sich irgendwo verlaufen habe oder sich noch auf dem Heimweg befände. Daß Fuchs eventuell verletzt worden sein könnte, hielt Neumann, als ich dies zum Ausdruck brachte, für vollständig ausgeschlossen. Aufgrund dieser Meinung von Neumann war ich auch beruhigt und sagte mir, daß sich Fuchs wahrscheinlich doch im Walde verlaufen habe und schon noch erscheinen werde. Als F. aber am Morgen, gegen 6.00 Uhr, noch immer nicht erschien, meldete ich den Vorfall Polizeikreisamtsleiter Günther. Dieser erschien auch sofort und ordnete eine sofortige Suchaktion an, an der die Polizeiangestellten Neumann, Karl, Neumann, Hans und der Führer des Kraftfahrzeuges, Seifert, teilnahmen. Gegen 9.00 Uhr erschienen die Polizisten und brachten den Fuchs schwer verletzt. Ich ordnete sofort zunächst ärztliche Hilfe und dann die Überführung nach dem Stadtkrankenhaus Aue an.

Auf Vorhalt: Wenn mir vorgehalten wird, daß die Mordkommission doch erst gegen 14.45 Uhr verständigt wurde, so muß ich sagen, daß ich, nachdem Fuchs verletzt hier ankam, sofort weiter nach Aue meldete. Fuchs war ein sehr diensteifriger und disziplinierter Polizist und auch sonst im Dienst sehr umsichtig und gewissenhaft. Das Verhältnis zwischen Fuchs und Neumann kann man nur als gut bezeichnen. Die beiden waren, wie man so sagt, wirkliche Kameraden. Weiter kann ich zur Sache nichts angeben«, sagt der Dienststellenleiter von Rittersgrün, Anselm Willisch.

Oswin Fuchs ist umgesiedelt. Noch nicht lang ist er in den Reihen der Volkspolizei und in Rittersgrün. »Zur Sache gehört wurde die Ehefrau des Fuchs, Elsa, geborene Erk, geb. am

25.3.1903 in Lichtenstadt/ČSR, wohnh. Rittersgrün U35, und gibt an: ›Als mein Mann am 15.6.1949 in den Dienst ging, war ich nicht zu Hause, sondern ich befand mich einkaufen. Daß er nicht zur Zeit nach Hause kam, fiel mir nicht weiter auf, da er ja öfter einmal später kam. Über seinen Dienst hat er wenig gesprochen, denn ich bin doch sehr schwerhörig und dann hätten die Nachbarn alles mithören können.

Auf Vorhalt: Wenn ich über das Verhältnis zwischen Neumann und meinem Mann befragt werde, so kann ich nur sagen, daß dies das denkbar beste war. Auf jeden Fall bestanden von dieser Seite aus keine Bedenken. Über den Tod meines Mannes kann ich nichts angeben.‹« Nach den Vorfällen verläßt Elsa Fuchs mit der Tochter das Erzgebirge. In Rittersgrün wollen sie nicht mehr wohnen.

Das Gutachten ergibt, daß die Schüsse aus mindestens 100 m Entfernung erfolgten. Es wurde ein handelsübliches Mantelgeschoß mit abgeflachtem Kopf benutzt. Beim Auftreffen bzw. Eindringen in den Körper zersplitterten diese Geschosse in einzelne Teilchen und verursachten eine große Wunde. Die Patrone hatte eine hohe Anfangsgeschwindigkeit und eine rasante Flugbahn. Pulver- oder Geschoßrückstände wurden nicht erkannt. Die Sachverständigen nehmen ein jagdübliches Spitzgeschoß an.

Die Ermittlungen im Mordfall Fuchs sind sehr akribisch. »Es wurde eine Besprechung mit Polizeikreisamtsleiter Günther im Polizeirevier Rittersgrün durchgeführt, wo festgelegt wurde, daß alle Zufahrtsstraßen zum Tatort mit Doppelposten besetzt werden, die lediglich die Aufgabe haben, alle Kraftfahrzeuge zu registrieren. Kreispolizeiamtsleiter Günther übernahm die Benachrichtigung der Grenzpolizei, um diese anzuweisen, nach dem grauen Auto zu fahnden.« Intensiv sucht man nach den Patronenhülsen. Erneut wird unter Aufsicht aller leitenden Beamten ein Lokaltermin durchgeführt. Gerbereien, Fellhandlungen und Fleischereien werden kontrolliert. »Durch abgegebene Pistolen- und Gewehrschüsse wird festgestellt, daß diese Schüsse an der Stelle, an der der Kreispolizeiamtsleiter Günther am Tattage jagte, nicht zu hören sind.« Ein Sonderkommando wird am Ort stationiert. Dessen Chef meldet am 3.8.1949: »Bis zum heutigen Tage befindet sich das Sonderkommando, welches aus 5 Volkspolizisten besteht, 4 Wochen in Tellerhäuser. Laut den durchgeführten Kontrollen und Streifengängen konnten bis zur Stunde keine Feststellungen gemacht werden, die auf den Todesfall des Fuchs schließen ließen. Seit Begehung des Tatortes und dessen Umgebung konnte noch nicht ein Schuß, der abgegeben worden wäre, festgestellt werden. Verschiedene Autos haben wohl die maßgebliche Mordstelle in Richtung Oberwiesenthal befahren, welche jedoch nach einer Überprüfung keinesfalls mit dem Todesfall in Zusammenhang gebracht werden konnten.

Neue Spuren wurden in Beierfeld festgestellt, wo Wildfleisch zum Verkauf gekommen sein sollte. Des weiteren wurde in Crandorf eine Person in Haft genommen, die verdächtig erschien, »Wilddiebereien« durchgeführt zu haben. In beiden Fällen konnte einwandfrei festgestellt werden, daß keine strafbare Handlung irgendwelcher Art vorlag. Da nun bis jetzt vom abgestellten Sonderkommando in Tellerhäuser keine Ergebnisse erzielt werden konnten, bittet der Leiter um Mitteilung, ob die Auflösung dieses Kommandos ermöglicht werden kann, da der Ansicht nach keine Erfolge weiter zu erwarten sind.«

Resultate der Ermittlungen: keine. Tatzeugen gibt es nicht. Die Fußabdrücke können auch von Pilz- und Beerensammlern stammen, Zufall wäre es, führten sie zum Täter. So erfolgt am

1.12.1949 der Abschlußbericht der Mordkommission: »Es kann wohl gesagt werden, daß kaum in einem Falle solch ein großes Polizeiaufgebot eingesetzt wurde, um allen Spuren bis aufs kleinste nachzugehen. Hierbei muß besonders erwähnt werden, daß die Landesbehörde der Volkspolizei Sachsen auf Anordnung des damaligen Chefs der Volkspolizei im Land Sachsen sich intensivst in die Ermittlungen einschaltete.

Der einzige Zeuge, nämlich der VP-Oberwachtmeister Neumann, machte bei seiner Vernehmung einen durchaus günstigen Eindruck. Er wurde mehrmals von allen an den Untersuchungen Beteiligten vernommen, und seine Aussage muß im großen und ganzen als der Wahrheit entsprechend angesehen werden. Allerdings muß auch die Möglichkeit einkalkuliert werden, daß sich N. in manchen Punkten infolge der durch den Fall hervorgerufenen Aufregung irren kann. Auf die Frage, warum er nicht ebenfalls von der Schusswaffe Gebrauch machte, antwortete er stets damit, daß er mit Fuchs angenommen habe, daß es sich in den Schützen um Angehörige der Besatzungsmacht handele.

Es wird von hier aus angenommen, daß es sich bei der Tötung des Fuchs nicht um einen Mord oder Totschlag, sondern um fahrlässige Tötung handelt. Die Täter haben, nachdem sie das Stück Wild erlegt hatten, im Unterholz gewartet, wie die Umgebung des Waldes auf den Schuß reagieren wird. Diesen Schuß vernahmen die Polizisten, als sie sich gegen 21.15 Uhr auf der Flößbahnstraße befanden. Für die Täter, deren Kraftfahrzeug für den Abtransport des Wildes bereitstand, galt es, die beiden Polizisten, die inzwischen aufgetaucht waren, zu verscheuchen. Die ersten beiden Schüsse fielen. Unglücklicherweise bewegten sich die Polizisten, Deckung suchend, nach dem parkenden Kraftfahrzeug. Die Nummer des Fahrzeugs wäre den Tätern zum Verräter geworden, also mußten die Polizisten gehindert werden, diese Richtung beizubehalten. Die zweiten Schüsse fielen. Hierbei wurde Fuchs getroffen. Das dürfte von den Tätern erkannt worden sein, und sie ergriffen unter Zurücklassung des geschossenen Hirsches die Flucht.

Eine fahrlässige oder gar vorsätzliche Tötung seitens des Neumann scheidet nach den getroffenen Erörterungen aus. Beide, d. h. Fuchs und N., waren gute Kameraden und Fuchs, der an sich am Tattage Urlaub hatte, ging nur aus Kameradschaftsgefühl und guter Pflichtauffassung mit Neumann diese Streife.«

Der Kriminalfall kommt als ungeklärt zu den Akten und ins Archiv. Jedoch ruhen die Spekulationen um den Tod des Oswin Fuchs in Tellerhäuser, Rittersgrün auch heute noch nicht. Für Bekannte, Freunde, Nachbarn steht der Wildschütz fest: Kreispolizeiamtsleiter aus Schwarzenberg, Paul Günther, jagte und traf einen Menschen tödlich. Bereits am Grab hätte er gelogen: »Auch deinen Mörder werden wir finden!« rief Günther und hob zum Zeichen des Sieges die Faust. Und wahrlich scheint es, als bemühte sich die Polizei bis zum Landeschef in Sachsen, ihren Kreispolizeiamtsleiter zu entlasten und nicht nach Wilderern zu suchen. Vehement treten sie den Gerüchten entgegen: »Durch abgegebene Pistolen- und Gewehrschüsse wird festgestellt, daß diese Schüsse an der Stelle, an der der Kreispolizeiamtsleiter Günther am Tattage jagte, nicht zu hören sind.« Wirklich? Oder sollen die offiziellen Ermittlungen die wahren Ereignisse vertuschen?

Tatsächlich birgt die Akte bei genauerem Lesen Widersprüche. Die Vorgesetzten aller Ebenen schalten sich in die Ermittlungen ein. Ein Sonderkommando wird stationiert. Dabei liegen die Indizien klar. Solch Aufgebot für einen Wilderer? Und Neumann sagte, Russen habe er im Wald gehört. Warum ermittelt die Polizei mit solcher Vehemenz gegen die Besatzungsmacht? Sie hätte keine Chance der Klärung. Sind die Spuren wirklich so eindeutig? Warum suchte Karl Neumann nicht den Kameraden? Zumal auf Fuchs und ihn geschossen wurde. Neumann geht nach Hause, schläft. Der Kreispolizeiamtsleiter Günther höchstpersönlich verpflichtete seine Untergebenen für die Streife. Hat er Wilderern den Kampf geschworen? Oder benötigte er die Kollegen, damit sie ihm die Beute vors Gewehr trieben? Paul Günther war allseits bekannt für seine Jagdleidenschaft. Dann wäre nachvollziehbar und verständlich, daß Neumann den Kamerad am Morgen erst vermißte. In einer Treiberkette geht keiner sichtbar Seite an Seite. Das Verschwinden würde später erst bemerkt. Vorgesetzte, Unterstellte wußten und unterstützten Günthers Hobby, taten mit. Sei es aus Lust. Sei es auf Befehl. Ganz nebenbei bemerkt das Protokoll, daß Günther in dieser Nacht auch wirklich jagte. Nur an anderem Ort. Gehört kann er nichts haben. Wirklich? Und ist anzunehmen, daß Wilderer schossen, obwohl der Polizeichef nahebei jagte und es im Revier von Polizisten wimmelte? Wohl eher wären die Wildschützen in dieser Nacht daheim geblieben. Karl Neumann bestätigt wie kein anderer Zeuge ausdrücklich, seine Aussage ohne Zwang gemacht zu haben. Ohne Zwang: Dies wird betont. Die Mordkommission bemängelt, daß die Rittersgrüner Polizisten einen halben Tag abwarteten, um sie hinzuzuziehen. Paul Günther wurde bereits um 6 Uhr morgens über Fuchs' Fehlen informiert. Haben sich die Beteiligten in dieser Zeit auf eine plausible Story geeinigt? Wurde Neumann auf seine Aussage eingeschworen?

Das stationierte Sonderkommando hört in den folgenden Wochen im Revier keinen einzigen Schuß. Wurde der Raschauer Forst doch nicht von Wilderern so bevorzugt wie behauptet?

Fragen bleiben. Kann man diesen Protokollen trauen? Die Bewohner Rittersgrüns taten's damals nicht und tun es auch nicht heute. Aber logen 1949 alle Polizisten? Schützten sie den Vorgesetzten, weil er am Tisch der neuen Machthaber saß? Wurde Wahrheit hier bewußt verschwiegen? Ist der Tod des Oswin Fuchs ein politischer Skandal?

Es stellt sich die Frage: Hatte Paul Günther Macht und Möglichkeit, Staatsanwaltschaft und Polizei in seinem Sinne zu manipulieren? Dagegen sprechen keine Argumente. Paul Günther konnte es. Er besaß Einfluß, ward geachtet und gefürchtet. Es könnte so gewesen sein, wie Anwohner behaupten. Günther leugnete seine Schuld und fälschte die Beweise.

Wer war der nie offiziell beschuldigte Kreisamtsleiter der Polizei in Schwarzenberg? Jungen Pionieren wurde Paul Günthers Biografie einst zum Forschungsauftrag gemacht. Die Kinder recherchierten: »Paul Günther wurde am 30.10.1896 in Schwarzenberg als Sohn des Fabrikarbeiters Friedrich Günther geboren. Er besuchte von 1903 bis 1911 die Volksschule und lernte anschließend 3 Jahre im Betrieb Krauß in Schwarzenberg als Klempner. Er lernte frühzeitig Not und Hunger einer Arbeiterfamilie kennen, er war der zweitälteste Sohn von acht Geschwistern. Von 1915 bis 1918 nahm er als Soldat am Ersten Weltkrieg teil. Nach dem Ersten Weltkrieg war er als Arbeiter in verschiedenen Branchen tätig und war zwischendurch auch wiederholt arbeitslos. Seine politische Tätigkeit begann mit dem Eintritt in die sozialistische Arbeiterjugend und in den Arbeiterturnverein 1911. 1914 trat Genosse Paul Günther der SPD bei, schloß sich aber 1918 dem Spartakusbund an und übernahm beim Zusammenbruch des Kaiserreiches Aufgaben im Soldatenrat seiner Kompanie.

Während des Kapputsches im Jahre 1920 übernahm Paul

Günther die militärische Leitung der proletarischen Abwehrformationen und wurde infolge dieser Tätigkeit nach dem mitteldeutschen Aufstand 1921 von der Reaktion mit einem Jahr Gefängnis bestraft. Beim Einmarsch der schwarzen Reichswehr in Sachsen 1923 war er gezwungen, ins Exil zu gehen und war deshalb $1^1/_2$ Jahre illegal in der damaligen Tschechoslowakei und Österreich. 1924 sollte Genosse Paul Günther auf Veranlassung des Zentralkomitees der Kommunistischen Partei Deutschlands in die Sowjetunion gehen. Beim Überschreiten der Grenze wurde er mit noch einem Genossen in Haft genommen und zu $2^1/_2$ Jahren Zuchthaus verurteilt. Diese Haftstrafe verbüßte er in Zwickau und Waldheim.

Paul Günther war anschließend als Leiter des Rotfrontkämpferbundes sowie als Mitglied der Bezirksleitung der Kommunistischen Partei Deutschlands bis 1933 tätig. Er war außerdem Stadtverordneter und Aufsichtsrat in der Arbeitergenossenschaft Schwarzenberg und Umgebung. Nach dem Machtantritt der Faschisten mußte sich Paul Günther vor der drohenden Verhaftung durch die Nazis verstecken. Mit seinen Schneeschuhen fuhr er durch Waldgebiete und konnte sich somit zunächst der Festnahme entziehen. Am 9. März 1933 wurde er durch SS-Leute verhaftet und zusammen mit anderen Kommunisten ins Konzentrationslager ›Osterstein‹ nach Zwickau gebracht. Er war dort, wie viele andere Antifaschisten, schweren Mißhandlungen ausgesetzt. Bis zum Jahre 1936 wurde er eingekerkert und von den Nazis wegen angeblicher Vorbereitung zum Hochverrat verurteilt. Im Jahre 1944 wurde er erneut von der Gestapo wegen staatsfeindlicher Umtriebe in das Konzentrationslager Sachsenhausen gebracht. Dort mußte er bis zum Zusammenbruch des Nazireiches ausharren. Er wurde von der Sowjetarmee befreit. Ende Mai 1945 traf er wieder in Schwarzenberg ein und stellte seine Kraft für den demokratischen Neuaufbau zur Verfügung. Am 8. Juni 1945 wurde er vom antifaschistischen Aktionsausschuss in Schwarzenberg mit der Leitung der Gendarmerie, später Kreispolizei im Kreis Schwarzenberg beauftragt. Er war dessen Leiter bis zum Jahre 1949. Mit der Neubildung der KPD wurde er zum Mitglied der Kreisleitung im Kreis Schwarzenberg gewählt. Er war bis zu seinem Tode, im Jahre 1977, ständig aktives Mitglied der SED. Genosse Paul Günther hatte gemeinsam mit Ernst Schneller hervorragenden Verdienst am Aufbau der proletarischen Hundertschaften der Arbeiterklasse in unserem Kreis. Er war in der Zeit von 1927–1933 Leiter des Rotfrontkämpferbundes, später der antifaschistischen Kampfbundes im Kreis Schwarzenberg.

Genosse Paul Günther war in jungen Jahren aktiver Sportler, wie bereits erwähnt seit 1911 im Arbeiterturnverein und später im ›Rot-Sport‹ in Schwarzenberg. Er betrachtete stets Körperertüchtigung und Sport als wichtigste Voraussetzung für eine hohe Wehrbereitschaft. Er selbst war aktiver Wintersportler. Bei der Gründung der Sportgemeinschaft der Deutschen Volkspolizei im Jahre 1948 gehörte er mit zu ihren Gründern. Sein letzter Dienstgrad in der Volkspolizei war Kommandeur. Paul Günther wurde für seine Verdienste mit der ›Ehrenspange‹ zum Vaterländischen Verdienstorden in Gold, mit dem Kampforden für Verdienste um Volk und Vaterland in Gold, mit der Medaille für Teilnahme an bewaffneten Kämpfen gegen die Reaktion 1919–1923, mit der Medaille Kämpfer gegen den Faschismus, mit der Ernst-Schneller-Medaille in Gold und anderen Auszeichnungen geehrt.«

Ein Held, wie er im Buche steht. Als Vorbild hingestellt für alle sozialistischen Schülerpersönlichkeiten. Zumindest im Kreis Schwarzenberg. Doch eigenartig, widersprüchlich:

1949 verliert der verdiente Genosse Günther all seine Ämter. Im gleichen Jahre 1949 konnte der Tod des Oswin Fuchs aus Rittersgrün nicht aufgeklärt werden. Zusammenhänge dieser Tatsachen sind nicht bewiesen. Naheliegend scheinen sie. 1949 zählte der Kreispolizeiamtsleiter 53 Jahre. Auch vor Gründung der DDR war dies kein Rentenalter. Und ließ sich ein Verfolgter des NS-Regimes und Verantwortlicher des Wiederaufbaus einfach so aufs Altenteil versetzen? »Paul Günther wurde Stellvertreter eines Schachtleiters der AG-Wismut und mußte aus gesundheitlichen Gründen auch diese Arbeit aufgeben. Er wurde Rentner und leistete Arbeit in seinem Wohngebiet als Lektor im Parteilehrjahr, arbeitete im Konsumgenossenschaftsausschuss und als Propagandist in vielen Veranstaltungen. Er gab Auskunft über sein Leben in Rundfunksendungen, in Fernsehsendungen und war Berater des Films über Ernst Schneller.« Zumindest ist Paul Günthers Lebensweg seit 1949 in dieser Stille und Verantwortungslosigkeit ungewöhnlich. Held wird Günther wieder 1977, nach seinem Tod. Das Wintersport-Trainingszentrum der SG Dynamo Schwarzenberg erhielt seinen Namen. Eine Schule der Kreisstadt wurde damit geehrt. »Am 7. Oktober 1978, zum 30. Jahrestag unserer Republik, erhielt unsere Schule den ehrenvollen und verpflichtenden Namen dieses aufrechten Kommunisten unserer Heimatstadt. Streben wir als Pioniere und FDJler der Paul-Günther-Oberschule nach besten Leistungen für unseren sozialistischen Friedensstaat! Handeln wir im Sinne des Vermächtnisses von Paul Günther, unserem Vorbild!« Im Schulhof errichtete man zum Gedenken an den sozialistischen Helden ein Denkmal. Die Platte mit den ehrenden Worten hat man entfernt. Der Stein steht noch immer im Gebüsch.

Die Wahrheit ist nach einem halben Jahrhundert in diesem

Falle nicht mehr feststellbar. Kehrten die staatlichen Organe Günthers Schuld unter den Teppich, weil ein sozialistischer Held unter allen Umständen ein Held bleiben mußte? Recherchen lehren: Beispiele der Umschreibung im Dienste der sozialistischen Sache fanden statt. Im Falle Paul Günthers bleibt sie unbewiesen. Sie liegt nah.

Namen, außer jener der Protagonisten, wurden geändert.

Quellen:

Akten der Staatsanwaltschaft Chemnitz im Sächsischen Staatsarchiv Chemnitz

Akten des Stadtarchivs Schwarzenberg

Der Tod des Kannibalen

Der Fall Bernhard Oehme, Chemnitz 1948

»Na, Frau Oehme, stehen Sie auf, die Suppe ist fertig!« Mit diesen Worten bittet Bernhard Oehme die Gattin am 2. September 1947 zu Tisch. Er habe bereits gegessen, und extra für sie hat er die Suppe zubereitet. Aber Liddy Oehme mag die Mahlzeit nicht. Ein eigentümlicher Geruch geht von ihr aus. Darauf der Koch: »Du hast aber eine Hundenase!«

»Aufgrund dieses Ausspruchs wurde ich stutzig, noch dazu als er äußerte, man müßte das einmal untersuchen lassen. Mein Mann ging anschließend in die Bodenkammer und mir kamen Bedenken. Ich füllte deshalb etwas von der Suppe ab, um diese untersuchen zu lassen.« Auch der Sohn rät der Mutter, die Suppe ins chemische Untersuchungsamt zur Analyse zu geben. So bringt Liddy Oehme die ihr verdächtigen Mahlzeiten des 4., 5. und 10. Septembers ins Labor. Am 10. September ist sie überrascht, ihren Mann ebendort zu treffen, auch er hat Essensreste untersuchen lassen. Sein Verdacht: Die Gattin wolle ihn vergiften.

Tatsächlich wird in allen untersuchten Speisen Zyankali nachgewiesen. Dreimal wäre die Menge tödlich, einmal ließe sie bloß auf einen schlecht gereinigten Topf schließen. Bernhard Oehme ist des Mordversuchs dringend verdächtig, zumal bei der sofort durchgeführten Wohnungsdurchsuchung zwei Gläser mit etwa 200-250 gr. Zyankali und etwa 3 kg Antimon gefunden werden. Unklar sind die Angaben des Mannes nach der Herkunft all des Giftes. Zur Fälscherei hat er es benutzen wollen, sagt er. Und seine Frau bestätigt. »Erst letzthin machte er mir den Vorschlag, man müßte Lebensmittelmarken seines Betriebes fälschen, um dadurch besser leben zu können. Ich verwahrte mich dagegen und mein Mann äußerte: ›Na gut, dann kannst du eben nichts fressen.‹«

Wegen Geldfälscherei ist Bernhard Oehme bereits dreimal vorbestraft. 8 Jahre verbrachte er in Haft. Aber die Gattin zum erhobenen Vorwurf weiter: »In der letzten Zeit äußerte er oft, daß ich daran Schuld sei, daß er es zu nichts gebracht habe, weil er immer zuviel Angst gehabt hätte. In der letzten Zeit fühlte ich mich durch meinen Mann direkt bedroht. Er wurde auch einmal gewalttätig gegen mich, indem er mich mit den Fäusten in den Rücken schlug.« Bei dieser Indizienlage erhebt der Staatsanwalt Anklage gegen Bernhard Oehme. Doch noch vor der Weihnacht, am 18. Dezember 1947, erfolgt der Freispruch mangels Beweisen. »Zusammenfassend kann gesagt werden, daß von hier aus angenommen wird, daß Oehme aller Wahrscheinlichkeit nach derjenige sein wird, der das Zyankali dem Essen beimischte, da dritte Personen ausscheiden und seine Frau nach den getroffenen Feststellungen für diese Tat nicht in Frage kommen kann. Lediglich dem Umstand, daß niemand gesehen hat, als Oehme das Gift ins Essen tat, ist es zu danken, daß er, Oehme, nicht endgültig überführt werden konnte.«

Konsequenz: Bernhard Oehme wird des gemeinsamen Haushalt verwiesen. Seine Schwester Ida bietet ihm Obdach in der Chemnitzer Uhlandstraße 25. Dort betreibt sie ein Kurzwarengeschäft. Sicher hofft sie auch, daß der Bruder ihr hinter der Ladentheke helfe. Seit dem 8. Januar des Jahres 1948 sind die Rolläden des Geschäfts allerdings heruntergelassen und ein Zettel dran geheftet: »Wegen Krankheit geschlossen«. Nachbarn sorgen sich, und Bernhard Oehme zeigt wenig Interesse am Schicksal seiner Schwester. Fest steht: krank ist Ida Oehme keineswegs. Keiner hat sie in letzter Zeit gesehen. Bruder Bernhard wird zum Handeln gezwungen.

»Am 17.1.1948 erschien auf dem Chemnitzer Polizeirevier der Former Oehme, Bernhard, geb. am 30.12.1882 in Hainichen, wohnhaft Chemnitz, Uhlandstraße 25 und gab an, daß seine ledige Schwester, die Geschäftsinhaberin Oehme, Ida, Marie, geb. am 21.11.1884 in Hainichen, wohnhaft gew. Chemnitz, Uhlandstraße 25, bei der er zur Untermiete wohne, seit dem 8.1. vermißt wird. Nach seinen eigenen Angaben hat sie sich auf eine Hamsterfahrt begeben, von der sie nicht zurückgekehrt sein sollte. Der Leiter des Polizeireviers hielt sofort Nachfrage über Oehme bei der Mordkommission des Kriminalamtes Chemnitz, da Oehme dort bereits wegen eines im September 1947 an seiner Ehefrau mit Zyankali versuchten Giftmordes bekannt geworden war. Es lag daher der Verdacht nahe, daß Oehme mit dem Verschwinden seiner Schwester in Zusammenhang zu bringen sei.

Er wurde aus diesem Grunde vorläufig festgenommen. Ohne Oehme über den Tatverdacht Vorhalt zu tun, wurde von der Mordkommission Chemnitz am 19.1.1948 eine Wohnungsdurchsuchung vorgenommen ... In der Wohnung wurden dann in mehreren Gefäßen größere Mengen Fleisches gefunden, und in zwei Kochtöpfen auf dem Ofen befand sich zubereitetes Fleisch in gekochtem Zustand. Man konnte ohne weiteres erkennen, daß es sich um Menschenfleisch handelte. Außerdem wurden eine blutbefleckte Säge, ein Hammer und ein Fleischwolf, durch den Fleisch gedreht worden war, gefunden. Im Keller, unter Säcken versteckt, wurden der Kopf, die Hände und die Füße eines Menschen gefunden. Es stand nun einwandfrei fest, daß die vermißt gemeldete Oehme das Opfer eines Verbrechens geworden war und nach der Ermordung grausam zerstückelt wurde.

In Verdacht der Täterschaft stand dringend Oehme, der eingehend zur Tat vernommen wurde. Bei seinen ersten Vernehmungen bestritt er hartnäckig, seine Schwester vorsätzlich ermordet zu haben und sagte aus, daß seine Schwester Selbstmord verübt habe und er, um den Makel eines Selbstmordes von ihr zu wenden, habe ihr dann einen Schlag mit dem Hammer auf den Kopf gegeben, um einen Mord vorzutäuschen. Da ihm aber der Gedanke gekommen sei, daß der Verdacht bei Bekanntwerden der Tat auf ihn fallen würde, habe er den Entschluß gefaßt, die Leiche durch Zersägen und Zerlegen zu zerstückeln. Dabei sei ihm die Lust gekommen, das Fleisch für sich einzusalzen und zu essen. Obwohl Oehme von den Angehörigen der Mordkommission auf die unglaubhaften und unsinnigen Angaben hingewiesen wurde, blieb er bei dieser Darstellung. Aus diesem Grunde mußte eine Schädelsektion durchgeführt werden, um Oehme zu beweisen, daß der tödliche Schlag und der Halsschnitt zu Lebzeiten der Schwester geführt wurden. Die Schädelsektion ergab einwandfrei, daß Oehme seine Schwester durch Gewalteinwirkung bei Lebzeiten getötet hat. Auf die daraufhin gemachten Vorhaltungen bequemte Oehme sich endlich zu dem Geständnis, seine Schwester im Streit erschlagen zu haben. Zwischen beiden sei es nach seinen Angaben am fraglichen Abend zu einer Auseinandersetzung gekommen, wobei er im Jähzorn den auf dem Tisch liegenden Hammer ergriffen und seiner Schwester damit den tödlichen Schlag versetzt habe. Über die Zerstückelung und Zerlegung der Leiche machte er zusätzlich die Aussagen, daß er Herz, Leber und Nieren sowie sechs Pfund Rippenfleisch gemeinsam mit seinem Hund verzehrt habe. Die restlichen Fleischstücke habe er eingesalzen und gekocht, um sie nach und nach zu essen. Er habe auch versucht, seine Verwandten zum Essen einzuladen und sich von ihnen Einweckgläser auszuborgen, um das Fleisch darin einzukochen. Aus Händen und Füßen habe er Seife herstellen wollen.

Da auch diese Aussagen des Oehme nicht der Wahrheit entsprechen konnten, wurde ein Lokaltermin, in Anwesenheit der Mordkommission, des Täters und des Gerichtsmediziners anberaumt und die Tat des Oehme nach seinen Angaben rekonstruiert. Hierbei konnte einwandfrei nachgewiesen werden, daß seine gegebenen Darstellungen wiederum unwahr waren. Oehme gab an, am Tatabend in der Küche neben seiner Schwester auf einem Stuhle gesessen zu haben und sie dort im Streit getötet zu haben. Es befanden sich jedoch keine Blutspritzfiguren an der Wand über dem gegenüberliegenden Sofa, und auf dem Sofa selbst konnte eine größere Lache eingetrockneten Blutes festgestellt werden. Durch Zeugenaussagen wurde hierzu ermittelt, daß die Schwester die Angewohnheit hatte, sich abends immer in die Sofaecke zu setzen. In dieser Stellung hat der Täter dann mit größter Sicherheit auf seine Schwester eingeschlagen und sie somit vorsätzlich ermordet. Oehme gab jedoch nur zu, seine Schwester im Affekt getötet zu haben, weil ihm bekannt war, daß er bei einem vorsätzlichen Mord die Todesstrafe zu erwarten hat …

Bei Oehme handelt es sich um eine kriminell erheblich vorbestrafte Person. Bereits 1902 wurde er wegen Münzverbrechens straffällig. Er hat insgesamt acht Jahre Gefängnis und

Zuchthaus wegen Falschgeldherstellung verbüßt. Bei dem im September 1947 versuchten Giftmord an seiner Ehefrau wurden etwa 500 g Zyankali gefunden und sichergestellt. Dieses Gift hatte er angeblich noch aus der Zeit seiner Falschgeldherstellung in Besitz.

Oehme zeigte sich während seiner stundenlangen Vernehmungen äußerst kalt und gefühlsroh. Er wurde der StA. Chemnitz überstellt. Dieser Fall dürfte eines der seltenen Beispiele von Kannibalismus darstellen.«

Der Fall erregt Chemnitz. Beim Lokaltermin in der Uhlandstraße kommt es zu Tumulten. »In den Kreisen unserer Bevölkerung herrscht größte Empörung über den seinerzeit erfolgten Freispruch des Oehme, der dem Gericht ja sehr wohl als krimineller Verbrecher bekannt war und dem auch nach unserer Meinung jegliche Möglichkeit hätte genommen werden müssen, solche oder ähnliche Taten zu begehen.« Die Polizei verhindert Lynchjustiz. Der Reporter der »Volksstimme« erfuhr »zu diesem furchtbaren Vorfall noch folgendes: Oehme hat seine Schwester nach ihrem Tode nicht nur zerlegt, gekocht und zubereitet, sondern auch größere Mengen des Fleisches verzehrt. So verspeiste er zum Beispiel Herz, Nieren und Rippenfleisch! Auch tat es dem Appetit des Ungeheuers keinen Abbruch, wenn er sich seine Haferflocken in Menschenbouillon kochte! Andere Teile des Körpers drehte er durch den Wolf oder machte ›Gehacktes‹ davon. Aber der Gipfel seiner Bestialität dürfte es sein, wenn er gestern den ihn vernehmenden Kriminalinspektor ersuchte, ihm doch ›noch ein Stück Fleisch in die Zelle zu bringen! Es brauche nicht warm gemacht zu werden, er esse es gleich so …‹«

Der Reporter der »Volksstimme« konnte sich »schließlich an zuständiger Stelle noch darüber Aufklärung verschaffen, daß solche Fälle aller 20 Jahre einmal auf der Welt vorkommen. Chemnitz hat nun den traurigen Ruhm, mit dem Fall Oehme einen wesentlichen Beitrag zu den entsprechenden Kapiteln der Kriminalgeschichte geliefert zu haben.« Zumindest behielt der Berichterstatter in einem Recht: Oehmes Kannibalismus war nicht lustorientiert. Sein Mord hatte keine sexuelle Motivation wie fast alle anderen bekannten Fälle der Anthropophagie: Fritz Haarmann, Karl Großmann oder Armin Meiwes. Bernhard Oehme tötete die Schwester (wahrscheinlich) im Affekt. Als der Hund Blut leckte, kam der Mörder erst auf die Idee, daß auch ihm das vorliegende Menschenfleisch Nahrung sein könne. Oehmes Skrupel, Oehmes Ekel belegen die Akten nirgendwo, das Mahl hatte ihm offensichtlich geschmeckt.

Bernhard Oehme wird verurteilt, und löst unter der Bevölkerung heftige Diskussionen aus: zehn Jahre Haft. Das Publikum verlangt die Todesstrafe. Auch aus gegenwärtiger Sicht erscheint das Strafmaß ausgesprochen niedrig. »Da die heute übliche psychiatrische Begutachtung zur Feststellung der Schuldfähigkeit seinerzeit unterblieb, kann nicht ausgeschlossen werden, daß bei Bernhard Oehme eine symptomarme Schizophrenie vorgelegen haben kann. Die verhältnismäßig milde Strafhöhe von zehn Jahren Zuchthaus könnte als Indiz gelten, daß bei der Strafzumessung seine gestörte Persönlichkeit berücksichtigt worden ist. Wie dem auch sei: Offiziell kam er später in sowjetische Haft, in der er angeblich an einem altersbedingten Leiden verstarb. Man kann auch eine andere Möglichkeit in Betracht ziehen: Die sowjetische Militäradministration hatte leitenden Funktionären des SED-Machtapparates längst Ukas erteilt, den Verurteilten ihrem Strafvollzug zu überantworten, um ihn alsbald der deutschen Rechtshoheit zu entziehen. Sie haben damit Oehmes schnellen Tod billigend in Kauf genommen. Denn es war allgemein bekannt, daß die sowjetischen Vollzugsbehörden mit Tätern vom Schlage eines Bernhard Oehme nicht viel Federlesens machen. Der Strafausspruch von zehn Jahren Zuchthaus sollte das inoffizielle längst beschlossene Todesurteil nur kaschieren.« Bernhard Oehme kam ins Lager. Kurze Zeit später war er tot.

Bis heute ist über »Stalins Lager in Deutschland« und die dort verübten Verbrechen wenig bekannt. »Die DDR-Geschichtsschreibung, die sich dieses Themas, wenn überhaupt, nur indirekt annahm, hat später die Legende ausgestreut, die Internierung nach dem Krieg habe ausschließlich die Entnazifizierung unterstützt und von ihr betroffene Personen seien durchweg Nazi- und Kriegsverbrecher gewesen. Ihre spätere Freilassung sei einzig auf die Gnade der Sieger zurückzuführen. Dieselbe Auffassung spricht auch aus zeitgenössischen Pressemitteilungen, wo in Zusammenhang mit den Entlassungen von 1948 und 1950 ständig von ›begnadigten Verbrechern‹ die Rede ist. Die Wahrheit aber sah anders aus …« Ins Lager kam, wer der Besatzungsmacht mißfiel. Kein Zweifel: Ein Kannibale paßte nicht in die neue gesellschaftliche Ordnung. Es ist anzunehmen, daß Bernhard Oehme von den Justizorganen in das Chemnitz nächst gelegne Speziallager Bautzen überstellt wurde und dort keineswegs ohne sowjetisches Zutun verstarb.

»Es gab in den Lagern keinerlei feste Ernährungssätze. Die Brotrationen gingen … teilweise bis auf 300 Gramm pro Person und Tag zurück. Zum Brot gab es Wassersuppe, in der sich allenfalls Spuren von Rüben, Sauerkraut, Kartoffeln, Graupen oder Grütze fanden. Fleisch und Fett fehlten fast völlig. Zum Hunger gesellten sich Krankheiten. Die meisten Baracken und Unterkünfte waren total überbelegt. Die auf engstem Raum zusammengepferchten Häftlinge lebten unter katastrophalen hygienischen Bedingungen. Es bestanden völlig unzureichende Waschmöglichkeiten. Toilettenartikel wie Seife und Zahnbürsten gab es nicht. Die meisten Lager verfügten über keine ordentlichen Aborte. Tausende von Menschen verrichteten ihre Notdurft nachts in Fässer und Tonnen, tagsüber in Latrinen oder auf Donnerbalken.« Selten bestand die Möglichkeit, Kleidung zu waschen oder zu wechseln. »Angesichts der völligen hygienischen Verwahrlosung und des Nachlassens der körperlichen Widerstandkräfte als Folge des ständigen Hungerns waren Krankheiten nur eine Frage der Zeit. Zuerst traten vorwiegend Haut-, Infektions- und Darmerkrankungen auf, später folgten Lungenentzündungen, Ödeme, Furunkulose, Wassersucht und regelrechte Epidemien von Ruhr, Typhus und vor allem Tuberkulose. Letztere gehörte zu den Haupttodesursachen.« Die Winter waren kalt, Heizungen gab es kaum. Flöhe, Wanzen, Kopf- und Filzläuse und Holzböcke plagten die Lagerinsassen. »Der chronische Eiweiß- und Vitaminmangel führte zu schweren Störungen und Veränderungen in den Organen sowie im Eiweißgehalt von Blut und Gewebe, später zu Muskelschwund und zum Erlahmen und Aussetzen der Darmtätigkeit bis hin zum geistigen Verfall des Betroffenen.« Ein Zeuge: »Manche magerten bis zur Unkenntlichkeit ab. Andere wurden immer dicker und füllten sich mit Wasser. Zuerst die Unterschenkel, dann die Oberschenkel und dann die gefürchtete Bauchwassersucht. Dann steigt das Wasser bis in die Lungen, und unter tagelangem Röcheln ertrinkt der Kranke. Es ist furchtbar, im Nebenbett liegen zu müssen und mit anzuhören, wie das Wasser in der Brust des Kranken arbeitet. Oft platzen die Glieder, und das Wasser läuft literweise hinaus …

Die Toten wurden von Häftlingskommandos in Massengräbern unweit der Lager verscharrt. In der Regel wählten die

Sowjets dazu die späten Nacht- oder frühen Morgenstunden: Die in der Umgegend lebende Zivilbevölkerung durfte davon nichts erfahren. Die Begräbnisorte wurden später planiert und aufgeforstet.«

Nicht nur Nazi- und Kriegsverbrecher, auch andere Straffällige wie Bernhard Oehme saßen in den sowjetischen Spez.-Lagern ein. Nur ein geringer Prozentsatz der Inhaftierten war »schuldig« geworden. Anklagen gegen sie lagen nicht vor. Allein ein Verdacht genügte, um vom NKWD oder anderen Besatzern verhaftet zu werden. »Die Mehrheit der Lagerinsassen war unschuldig im juristischen, wiewohl oftmals ›feindlich‹ im ideologischen Sinne. Die Verhaftungswelle erfaßte ›mehr und mehr Menschen, die objektiv als Klassenfeinde zu gelten hatten – nämlich aufgrund ihrer sozialen Herkunft, ihrer Klassenzugehörigkeit. Betroffen waren also nicht nur große und kleine Nazis sowie ehemalige HJler, sondern auch Beamte und Verwaltungsangestellte, Richter und Rechtsanwälte, Journalisten, Lehrer, Wissenschaftler, Kaufleute und Fabrikanten, Großbauern und Großgrundbesitzer, Junker … Zur Sicherung der neuen Macht sollte die alte Elite isoliert, womöglich dezimiert werden, um konterrevolutionären Aktivitäten vorzubeugen.«

Die Zahl der in den sowjetischen Lagern Verstorbenen schwankt. »1990 präsentierte das sowjetische Innenministerium in einer Denkschrift folgende Zahlen: In den Jahren 1945 bis 1950 seien insgesamt 122.671 Deutsche in Sonderlagern auf dem Territorium der SBZ interniert und von ihnen 45.262 wieder freigelassen, 42.889 (35 Prozent) seien in den Lagern umgekommen. 12.770 in die UdSSR verbracht und 6.680 in Kriegsgefangenenlager überführt worden. 14.202 Internierte seien ferner an die DDR-Behörden übergeben und 756 durch Militärgerichte zum Tode verurteilt worden; 212 sei die Flucht gelungen.« Diese Zahlen halten der Prüfung nicht stand. Andere Quellen sprechen von bis zu 80.000 Toten, unter ihnen Heinrich George, Horst von Einsiedel, Werner Ihmels und Bernhard Oehme. Ungeklärte Todesfälle.

Quellen/Zitate:

Akten der LdVP Chemnitz im Sächsischen Hauptstaatsarchiv Dresden

Chemnitzer Volksstimme

Jan von Flocken / Michael Klonovsky: Stalins Lager in Deutschland 1945–1950. Berlin/Frankfurt/M., 1991

Jan Foitzik: Sowjetische Militäradministration in Deutschland 1945–1949. Berlin, 1999

Hans Girod: Der Kannibale. Berlin, 2000

Norman M. Naimark: Die Russen in Deutschland. Berlin, 1997

Todestag: 19. April 1952

Der Fall Martha Lieboldt und das Zwickauer Grubenunglück

»Werktätige in Stadt und Land! Alle Kraft für die Erfüllung unseres großen Fünfjahrplanes, des Planes des Friedens, der Einheit und des Wohlstandes!« Die Losungen zum Kampf- und Feiertag aller Werktätigen waren von der Staatsmacht in Berlin veröffentlicht worden und standen auf Zeitungsseite eins. Der Bevölkerung war dies nomineller Anlaß, mehr und Besseres fürs Wohl des sozialistischen Vaterlandes zu geben. »Am Chemnitzer *Otto-Grotewohl-Aufgebot* zur Vorbereitung des internationalen Kampftags der Arbeiterklasse am 1. Mai beteiligen sich die Belegschaften von über 200 volkseigenen und privaten Industriebetrieben. Sie haben sich das Ziel gesetzt, Sonderverpflichtungen in der Produktion, auf kulturellem und sozialem Gebiet zu übernehmen ... Im Aufgebotswettbewerb haben die Chemnitzer Industriearbeiter bereits gute Produktionserfolge zu verzeichnen. So erfüllten das Rohr- und Kaltwalzwerk Chemnitz und die Textima Nadel- und Platinfabrik ihre Quartalspläne mit 115,2 bzw. 103 Prozent.« Der Schlagzeilen kein Ende: Die Kumpel in den Bergwerken erhöhen ihre Abbaumengen. Die Postler beschleunigen den Post- und Fernmeldeverkehr. Textilarbeiter verbessern ihre Sortimente. Auch Bauern und Bäuerinnen erfüllen ehrenvoll ihre Pflicht gegenüber Sozialismus und Staat.

Trotz Fünfjahrplan und dessen Übererfüllung machen die Werktätigen am Wochenende erstmal Pause. Osterfeiertage sind auch im Sozialismus arbeitsfrei und verheißen Entspannung, Eiersuche, Zeitungslektüre. Danach werden um so engagierter an der Arbeitsfront die Schlachten geschlagen. »Stärkt und schützt unsere demokratische Staatsmacht gegen alle äußeren und inneren Feinde!« Medial wird der Kampftag aufgerüstet, denn die Agitatoren wissen: »Pressewerbung ist ein wichtiger Teil unserer Überzeugungsarbeit«. Und so gerät der 1. Mai bereits im vorhinein zu einem schönen Traum für Inge. Sie sah, »daß das meinem Zimmer gegenüberliegende Haus im schönsten Festschmuck prangte. Fahnen im leuchtenden Blau, Rot und Weiß sowie kleine schwarzrotgoldene Fähnchen flatterten lustig im Wind. Und an den Fenstern waren Friedenstauben angebracht, Girlanden und Transparente. Das Haus war gar nicht wiederzuerkennen, so schön war es.« Aber Inge ist traurig. »Als ich aufwachte und zum Fenster hinausblickte, hinüber zu jenem Haus, war meine Freude verflogen. Keine Fahnen! Weder Losungen noch Friedenstauben oder Girlanden. Richtig kalt und nüchtern sah es aus, jenes Haus, das mir im Traum soviel Freude bereitet hat.« Inge kann getröstet werden, bis zu Demo, Fahnenschmuck und Transparenten sind es keine zwei Wochen mehr.

Am Chemnitzer Mehrfamilienhaus Augustusburger Straße 246 hängen am 19. April 1952 noch keine Fahnen und Girlanden. Man sieht dem Haus jedoch die Jahre an. Es wurde in der Gründerzeit erbaut. Die Fassade bröckelt. Innerhalb kümmern sich die Mieter um große und kleine Hausordnung. Das Wohnhaus ist nicht wie viele andere in der sächsischen Industriestadt Chemnitz Kriegsruine. Martha Lieboldt wohnt im zweiten

Stock und kann weder an der sozialistischen Überproduktion noch an den Maifeiertagsvorbereitungen teilnehmen. Sie ist »vom 30.1.–19.4.52 mit einer zweitägigen Unterbrechung arbeitsunfähig krank geschrieben. Krankheitsbefund: Bronchitis.« Die Nachbarn verwundert die Diagnose wenig. »Bekannt ist uns, daß Frau Lieboldt im Jahre 1952 auf Kuraufenthalt geschickt wurde, welche Krankheit bei ihr vorgelegen hat, können wir nicht sagen, sie soll aber öfters mit Halsbeschwerden zu tun gehabt haben, u. a. war sie Raucherin.«

Arbeitsunfähig, krank geschrieben – so ist erklärbar, daß Nachbarn die Patientin auch außerhalb der Arbeitszeiten sehen. »Am Sonnabend, den 19.4.52 war Frau Lieboldt gegen 8.00 Uhr bei mir in der Wohnung«, berichtet Lieselotte Ohldorf. »Frau Lieboldt sagte zu mir, daß sie jetzt geht, um Krankengeld zu holen, und ich bat sie noch, mir davon 5 DM zu leihen, was sie mir auch versprach.« Dann kam Martha Lieboldt ums Eck in den Lebensmittelladen, indem sie gewöhnlich ihren Einkauf versah. »Soweit wir uns erinnern können«, sagen die Betreiber, »muß es am Sonnabend, den 19.4.52 morgens gewesen sein, als Frau Lieboldt mit der Bitte zu uns kam, das Telefon benutzen zu dürfen. Wir hörten dabei, wie sie mit der Firma A.G. Marten in Borna betreffs Auszahlung des Krankengeldes gesprochen hat. Gegen 16.00 Uhr des gleichen Tages erschien sie nochmals in unserem Geschäft und kaufte sich 1/2 Flasche Pfefferminzlikör und eine Schachtel Turf-Zigaretten. Diese Sachen bezahlte sie mit verschiedenen Geldbeträgen, d. h. sie wurden getrennt bezahlt. Mit welchen Geldscheinen dies erfolgte, kann heute nicht mehr gesagt werden. Wenn es ein größerer Schein gewesen wäre, dann wäre uns das bestimmt aufgefallen. Bei dem Likör handelte es sich um 35%igen. Von der Lieboldt wurde hin und wieder Alkohol bei uns gekauft, zum vorwiegenden

Teil aber Likör. Erwähnen möchten wir noch, daß die Lieboldt, als sie an erwähntem Sonnabend bei uns erschien, etwas komisch wirkte, wobei wir aber die Annahme vertraten, daß ihr Verhalten nicht allein auf Alkoholeinwirkung zurückzuführen sei. Sie äußerte dabei, daß sie nichts mehr bezahlen werde, was andere Personen auf ihren Namen bei uns geborgt hatten. Die Lieboldt galt als freigiebig, und es kann angenommen werden, daß sie etwas Geld zurückgelegt hatte, denn sie sprach davon, daß sie sich einen neuen Ofen kaufen wollte.«

Nachbarin Lieselotte Ohldorf braucht die fünf Mark, die ihr versprochen worden sind. Doch da Martha Lieboldt »im Laufe des Tages nicht mehr in meine Wohnung kam, ging ich gegen 15.30 Uhr zu ihr in die Wohnung. Ich klingelte, und sie öffnete mir auch die Tür, ließ mich aber nicht hinein, sondern ich mußte vor der Tür warten. Bemerken möchte ich, daß sie zu dieser Zeit schon ziemlich beschwipst war, und ich sagte noch zu ihr: ›Hast Du denn schon wieder getrunken?‹, worauf sie nur lachte und mich an meinem Kopf nahm und mich noch fragte, ob ich denn mit 5 DM auch auskommen würde, ich könnte auch mehr bekommen. Gegen 18.00 Uhr bin ich dann noch einmal zu ihr gegangen, klopfte und klingelte an der Tür, aber es wurde nicht geöffnet. Ich nahm an, daß sich Frau Lieboldt ins Bett gelegt hatte, denn dies war dann immer der Fall, wenn sie einen getrunken hatte.«

Noch fordert die Mai-Losung: »Kumpel im Erzbergbau! Jede Tonne Erz mehr – ein Beitrag zur Erhaltung des Friedens, ein Schlag gegen die Kriegstreiber!« Doch wie ein Lauffeuer verbreitet sich an jenem 19. April das Gerücht, später die Tatsache: In Zwickau »ereignete sich im Martin-Hoop-Schacht IV ein schweres Bergwerksunglück, dem nach den bisherigen Feststellungen 13 Bergleute zum Opfer fielen. 27 Bergleute, die mit Verletzungen ins Krankenhaus eingeliefert wurden, befinden sich außer Lebensgefahr. Dank dem heroischen Einsatz der Rettungsmannschaften, die sofort durch die Bergbauverwaltung von den verschiedenen Zechen zusammengezogen und zur Rettung der unter Tage befindlichen Bergleute eingesetzt wurden, konnte die überwiegende Mehrheit der zur Schicht eingefahrenen Bergleute gerettet werden. Die Rettungsarbeiten dauern zur Zeit noch an, da noch einige Bergleute vermißt werden. Unmittelbar nach dem Bekanntwerden des Unglücks trafen von der Regierung der Deutschen Demokratischen Republik Staatssekretär Fritsch, ein Beauftragter des Zentralkomitees der SED und ein Vertreter der Landesregierung Sachsen, der Landesleitung der SED Sachsen und der Industriegewerkschaft Bergbau ein. Eine Untersuchungskommission unter der Leitung des Ministeriums für Staatssicherheit hat ihre Ermittlungen über die Ursache des Unglücks aufgenommen.« Der Bergbaubezirk Chemnitz, Sachsen, die gesamte DDR ist in Schock und Panik. Frauen stürmen zum Schacht, warten auf und weinen um ihre Männer. Retter versuchen Unmögliches. Die Ermittler finden Hinweise auf Sabotage, um dem sozialistischen Staat zu schaden. Die Zahl der Todesopfer erhöht sich stetig. Die Tragödie wird zum Politikum und zu einer der größten Katastrophen in der Zeit der DDR.

Vielleicht auch deshalb löst die Abwesenheit von Martha Lieboldt zunächst weder Erstaunen noch Bedenken aus. »Am Sonntag, den 20.4.1952 bin ich wieder zu ihr an die Wohnungstür gegangen und klingelte Sturm«, sagt Lieselotte Ohldorf, »aber es rührte sich nichts. Wir sind an diesem Tage noch einige Male an ihrer Wohnung gewesen, aber immer vergebens.

Am Montag, den 21.4.52, gegen 9.00 Uhr war ich wieder an der Wohnungstür von Frau Lieboldt. Als mir wieder nicht geöffnet wurde, bin ich zu den Hausleuten gegangen und habe sie gefragt, ob sie sich heute schon einmal bemerkbar gemacht hätte, was mir diese aber verneinten. Ich ging zu Frau Schubert und fragte dort nach Frau Lieboldt, aber hier war sie auch nicht gewesen. Fräulein Schwendt und ich riefen dann gegen 16.00 Uhr in der Firma an, wo die Frau Lieboldt arbeitet, aber auch von dort kam der Bescheid, daß sie nicht auf Arbeit war. Daraufhin gingen wir beide dann zur Polizei und diese öffnete die Wohnungstür der Frau Lieboldt, und hier sahen wir sie auf dem Sofa liegen …«

Das Bild, das sich den eingetroffenen Einsatzkräften bietet, läßt schlußfolgern, »daß es sich in diesem Fall um einen Raubmord handelt. Die Lieboldt wurde nackt auf dem Sofa liegend, mit einer Decke zugedeckt vorgefunden. In der Gegend des Halses, sowie auf der Brust der Toten waren verschiedene Hautabschürfungen bzw. Würgemale zu erkennen. Des weiteren hatte die Lieboldt eine große Schnittverletzung am linken Handgelenk, die ihr zweifellos von dem unbekannten Täter zugefügt worden ist.

Wie weiter in Erfahrung gebracht werden konnte, hatte die Lieboldt am Sonnabend, den 19.4.52, in der Zeit von 15.00 – 18.45 Uhr in ihrer Wohnung den Besuch einer unbekannten jüngeren männlichen Person. Den Umständen nach wurde Alkohol genossen und es ist auch zu intimen Verkehr gekommen. Der unbekannte Täter hat dann im weiteren Verlauf die Lieboldt vermutlich durch einen Schlag gegen den Kopf betäubt und ihr in diesem Zustand mit einem Besteckmesser die Schnittverletzung am linken Arm zugefügt. Der unbekannte

Täter hat dann unter Mitnahme einer Uhr, eines Ringes, sowie vermutlich von Bargeld der Ermordeten die Wohnung wieder verlassen und die Wohnungstür verschlossen.«

So teilt der Operativstab der Polizei der zuständigen Mordkommission in Zwickau am 22.4.1952, gegen 2.00 Uhr, fernmündlich mit, daß in Chemnitz eine Frau ermordet aufgefunden wurde. »Nach Eingang dieser Fernsprechmitteilung begab sich MK, bestehend aus VP.-Oberrat Staßfurt, VP.-Meister Prinz und VP.-Hauptwacheister Schilderknecht mittels Dienstkraftwagen nach Chemnitz. Nach kurzer Information in der Dienststelle wurde der Tatort aufgesucht.

Der Tatort befindet sich in Chemnitz 14, Augustusburger Straße 246, 2. Stockwerk. Nach Öffnen der Tür zeigt sich ein Vorhang, der die Tür verhängt, und nachdem dieser zurückgezogen ist, kommt man in eine 3,50 m x 4,50 m große Wohnküche. Diese befindet sich in einem sauberen, aufgeräumten Zustand. Von der Tür aus gesehen an der rechten Wandseite ist ein Waschbecken angebracht, anschließend daran steht ein brauner Küchenherd. Auf diesem befinden sich zwei kleine Likörflaschen, die eine ist noch bis zu 1/3 mit einer grünlichen Flüssigkeit gefüllt, während in der anderen eine weißliche Flüssigkeit ist. Weiterhin sind noch auf dem Ofen zwei Likörgläser, ein Korkenzieher, zwei Aschenbecher, ein Kamm sowie zwei Untersetzer. An der rechten Längswand steht ein kleines weißes Schränkchen, ca. 50 cm von diesem entfernt ein kleiner weißer Wäscheschrank. In der rechten hinteren Ecke steht ein Radiotisch, auf dem ein Radio steht. Das an der südlichen Seite befindliche Fenster ist einen Spaltbreit geöffnet, das Rollo ist heruntergelassen. Vor dem Fenster steht ein Sessel, auf diesem ist über die Lehne gehängt ein Schlüpfer, ein Büstenhalter, ein rosanes Hemd, blauer Unterrock, Strumpfhaltergürtel sowie ein blaugeblumtes Sportkleid. Links neben dem Sessel befindet sich mitten in der Stube ein runder Tisch. Auf diesem steht eine Blumenvase, sowie ein braun aussehendes Glas, welches mit einem Schraubendeckel verschlossen ist mit der Aufschrift ›Globinal‹. Das Glas selbst ist bis zu zwei Drittel mit einem weißen Pulver gefüllt. Weiterhin liegt auf dem Tisch ein kleiner Untersetzer. Anschließend an diesen Tisch steht ebenfalls noch ein Sessel in der Mitte des Zimmers. Links vom Fenster befindet sich eine Stehlampe. An der linken Seite des Zimmers steht eine Couch. Auf dieser liegt, völlig entkleidet, eine weibliche Leiche. Bis in Brusthöhe ist dieselbe mit einer braunen Wolldecke zugedeckt. Der Kopf ist nach rechts gedreht und Augen und Mund sind geschlossen. Der rechte Arm ist nach vorn gestreckt, Mittel-, Ring- und kleiner Finger sind eingewinkelt. Der linke Arm hängt von der Couch herunter. An der Innenseite des Handgelenkes verläuft quer eine 7 cm lange und 15 mm breite klaffende Wunde. An der Innenseite der Hand sowie an der Außenseite des Daumens befinden sich einige Blutflecken. An der linken Nasenseite befindet sich eine 15 mm lange Hautabschürfung, des weiteren sind an der linken Halsseite, sowie oberhalb der linken Brust einige Hautabschürfungen sichtbar. Beide Beine sind ausgestreckt und nach rechts und links gespreizt. Die Totenstarre ist zum Teil gelöst, Totenflecke sind an den abhängigen Körperpartien sichtbar.

Auf dem Fußboden vor der Couch, direkt unter dem linken Arm, ist eine 70 cm lange, nach der Stubenmitte verlaufende eingetrocknete Blutlache sichtbar. In dieser liegt ein Küchenmesser, dessen Klinge auf beiden Seiten mit vertrocknetem Blut beschmutzt ist. Auf der eingetrockneten Blutlache liegt ein abgebranntes Streichholz, dessen Oberfläche nicht mit Blut beschmiert ist.

Bei der Toten handelt es sich um die Arbeiterin Lieboldt, geb. Braatz, Martha Ida, geb. am 4. Oktober 1897 in Chemnitz, wh. gew. in Chemnitz, Augustusburger Straße 246.

Der zugezogene Arzt Dr. Tietz aus Chemnitz stellte den Todeseintritt am Sonnabend, den 19.4.1952, in den Abendstunden fest.

Die Totenaufhebung wird vom Komm. C1 des VPP Chemnitz durchgeführt.«

Da der dringende Verdacht des Mordes gegeben ist, »wird um gerichtliche Sektion der Leiche zwecks Klärung der Todesursache gebeten. Der Leichnam wurde zu diesem Zwecke dem Pathologischen Institut überstellt. Da der Tod bereits am 19.4.1952 eingetreten ist, wird um beschleunigte Durchführung gebeten.«

Viele der Details sprechen für einen begangenen Mord, besonders das Streichholz, das in der Lache lag. Es ist unbeschmutzt, muß also nach der Tat ins Blut gefallen sein. Beweis, daß im Zimmer nach dem Tod der Martha Lieboldt einer war und rauchte, zumindest ein Streichholz zündete.

In der Augustusburger Straße sind der Mord an Martha Lieboldt und die Toten des Zwickauer Grubenunglücks Themen der Gespräche. Derweil verbreitet die Presse wertvolle Tips für die Festvorbereitung: »Erst gestern gaben wir Hinweise, wie Schilder und Transparente mit einfachen Mitteln hergestellt werden können. Heute nun wollen wir uns damit befassen, Girlanden und Spruchbänder anzufertigen. Stoffreste hat wohl jede Hausfrau in einem Kommodenkasten. Diese Reste wollen wir uns noch einmal heraussuchen. Da ist ein Stück grüner Stoff von Lieschens Sommerkleid und dort ein Rest von Muttis blauer Bluse. Hier findet sich noch ein Stück weißen Linnens und dort roter, gelber oder schwarzer Stoff. Seit Jahren schon liegen diese Reste ungenutzt, vielfach wurden sie vergessen. Heute wollen wir aus ihnen Wimpel nähen … Wimpel haben die Form eines spitzen Dreiecks, dessen schmale Seite wir mit einem Saum versehen, durch den wir eine Schnur ziehen. So reihen wir Wimpel an Wimpel, schon ist die Girlande fertig. Sieht sie nicht schön aus in ihrer Farbenpracht? Sicher werden wir unsere Freude daran haben, wenn die Wimpel lustig im Winde flattern werden.«

Das vorläufige gerichtsmedizinische Gutachten im Fall der Martha Lieboldt wird zeitnah erstellt und konstatiert:

»1. Der Bluterguß im Schläfenmuskel rechts, als auch der Bluterguß in der Wunde in der oberen Hälfte der rechten Schulter mit ungeronnenem Blut, zeigen eine vor dem Tod aufgetretene Verletzungsfolge an.
2. Die Veränderungen in der Halshaut und in der Brustmuskulatur, am Schlüsselbein links, sind auch vor dem Tod entstanden. Die Veränderungen sind als Würgemale zu deuten.
3. Die Befunde am Gehirn können wegen der fortgeschrittenen Fäulnis nicht sicher verwertet werden. Somit sind auch die feinen Blutungen unter der harten Hirnhaut der mittleren Schädelgrube nur bedingt verwertbar.
4. Bei Abstrichen aus der Scheide, aus dem vorderen und hinteren Scheidengewölbe, aus dem Muttermund, aus dem Halskanal und Gebärmuttergrund konnten keine Spermien und Prostatakörperchen gefunden werden.
5. Die Schnittwunde an der Beugeseite des linken Handgelenkes hat zur Durchtrennung der Elle- und Speichenschlagader geführt. Weiterhin sind zwei Sehnen des oberflächlichen Handbeugers durchtrennt.

6. Ein wesentlicher krankhafter Befund, der zum Tode geführt haben könnte, ist an den inneren Organen nicht festzustellen.
7. Der Tod ist durch ein Herzkreislaufversagen, bei dem nicht sicher zu entscheiden ist, ob er reflektorisch durch die Verletzungen ausgelöst wurde, eingetreten.
8. Die Leiche zeigt fortgeschrittene Fäulnis.
9. Auf Verblutung allein ist der Tod nicht zurückzuführen.«

Zur weiteren Untersuchung wurde Magen- und Darminhalt, Urin und Blut entnommen. Eindeutig ist die Todesursache nicht mehr feststellbar. Ein Raubmord, so wie im ersten Augenschein vermutet, ist nicht ausgeschlossen, jedoch nicht zwingend anzunehmen. Nachbarn, Hausbewohner, Kollegen und Bekannte werden von der Polizei vernommen. Wer war die Tote? Wie hat sie gelebt?

»Seit dem Jahre 1934 oder 1936 wohnt die Frau Lieboldt im Hause Augustusburger Straße 246. Ich selbst wohne nebenan und kenne sie seit dieser Zeit sehr gut. Sie war damals, als sie hier einzog, verheiratet, und ihr Mann hat sich 1945 das Leben genommen und zwar durch Erhängen. Da ich Hausvertrauensmann bin, kam Frau Lieboldt oftmals zu mir, sei es mit dem Lebensmittelabschnitt oder mit der Miete oder dergleichen. Es ist mir bekannt, daß sie sehr viel Männerbekanntschaften hatte. Sie machte auch daraus keinen Hehl und erzählte mir oftmals, wenn sie wieder einen anderen Mann hatte. Sie gab mir auch manchmal zu verstehen, daß sie das Leben satt habe und sagte immer, ›wenn Sie wüßten, wie es in mir aussieht‹. Sie sprach auch davon, was man tun muß, wenn man ein Testament machen will. Am Sonnabend, den 19.4.52, gegen 12.00 bis 14.00 Uhr habe ich sie noch gesehen, und zwar war sie auf der Gablenzer Straße. Sie war hier allein. Ich war der Meinung, daß sie zu dem in dieser Straße wohnhaften Ofensetzer gehe, da sie des öfteren davon gesprochen hatte, sich einen neuen Ofen setzen zu lassen. Irgend etwas Auffälliges ist mir dabei an der Lieboldt nicht aufgefallen.«

Lieselotte Ohldorf gibt weiter zu Protokoll: »Seit ungefähr zwei Jahren kenne ich die Frau Lieboldt und bin auch mit ihr freundschaftlich verkehrt, allerdings nicht mit ihr fortgegangen. Ich weiß, daß Frau Lieboldt sehr viele Männerbekanntschaften hatte und nicht sehr wählerisch war. Mit dem Namen kann ich keinen nennen, denn auch Frau Lieboldt wußte meist nur die Vornamen. In der Regel waren es nur ältere Männer, die ich bei ihr in der Wohnung gesehen habe, bis auf einen und zwar war dies der Gunter Mangold, welcher aber nur im vorigen Jahr bei ihr gewesen ist. In diesem Jahr habe ich ihn noch nicht gesehen … Bemerken möchte ich noch, daß Frau Lieboldt am Donnerstag, den 17.4.52 mit der Gertrud Schwendt abends im ›Neuen Heim‹ zum Tanz war. Am Freitag früh erzählte sie mir, daß sie an diesem Abend, als sie mit der Straßenbahn nach Hause fuhr, von einem Mann angesprochen wurde, der sie fragte, ob sie die Trudel kenne. Sie habe dies bejaht und daraufhin sagte der Mann, sie möchte der Trudel ausrichten, daß er am Freitag, gegen 17.00 Uhr zu ihr in die Wohnung käme, um seine Sachen abzuholen. Sein Name wäre Harry. Frau Lieboldt sprach mit der Trudel am Freitagnachmittag davon und diese erklärte, daß es sich um das Sparkassenbuch handeln würde, welches ihr der Mann als Pfand gegeben habe. Weiterhin sagte sie, daß er am Theater am Karl-Marx-Platz arbeiten würde. Frau Lieboldt sagte noch, daß ihr der Harry nicht bekannt sei.« Weiter kann Frau Ohldorf zur Sache nichts angeben. Aber wenn der Mann namens Harry Martha Lieboldt kannte, hat er sie vielleicht später nochmal aufgesucht. Harry kann sie wie folgt beschreiben: »1,68–1,70 m groß, dunkelblondes gewelltes Haar, an den Zähnen ist mir nichts Besonderes aufgefallen. Er trug ein langes, graues, zweireihiges Jackett, die Hosen waren meiner Ansicht nach von gleicher Farbe, vermutlich kariertes Hemd ohne Selbstbinder, ich glaube, er trug Kreppschuhe, genau kann ich dies jedoch nicht angeben. Er hatte ein schmales Gesicht und die Gesichtsfarbe war bleich.«

Gerüchte entstehen schnell. Martha Lieboldt ist ermordet worden? Starb ihre Mutter nicht durch Mord? Erhängte sich ihr Ehegatte selbst? Und in unsaubere Geschäfte war die Lieboldt auch verwickelt, hat doch selbst im Knast gesessen. Und das mit der Schwendt war mehr als ein Mutter-Tochter-Verhältnis, das war Liebe unter Frauen. Und Trudel Schwendt hat keinen guten Ruf. Martha wollte ihr auch nichts mehr borgen.

»Durch die in obiger Vernehmung genannte Frau Ohldorf, Lieselotte, Augutusburger Str. 248 wohnhaft, wurde ein Hinweis auf eine Gertrud Schwendt, Geibelstr. 16 wohnhaft, gegeben, mit dem Bemerken, daß diese evtl. den näheren Umgang der Geschädigten kenne. Die Schwendt gab an der Arbeitsstelle befragt an, daß sie den Verdacht auf einen jungen Mann habe, den sie vor einiger Zeit bei der Geschädigten gesehen habe. Die Personenbeschreibung, die sie von dieser Person gab, stimmt genau mit der überein, die die Zeugin Ohldorf gegeben hat. Die Schwendt gab an, daß sie lediglich weiß, daß diese Person mit Vornamen Harry heißt und vermutlich in der Gegend der Geschädigten wohnt. Aus diesem Grunde wurde das 2., 3. und 7. VP-Revier angewiesen, alle Personen mit dem Vornamen Harry, die in der Zeit von 1929 bis 1936 geboren wurden, namentlich aus den Hauslisten festzuhalten. Desgleichen wurde die Beschuldigtenkartei der Abteilung K des VPP Chemnitz ebenfalls eingesehen und aus ihr die betreffenden Beschuldigten mit dem Vornamen Harry herausgezogen. Zweck dieser Maßnahme sollte sein, den Täterkreis einzuengen und den Zeugen die Lichtbilder der Betreffenden zwecks Wiedererkennung vorzulegen.«

Polizisten befragen Nachbarn, Kollegen, zufällige Zeugen. Harry wird zur Fahndung ausgeschrieben. Die Zeitungen veröffentlichen die Personenbeschreibung und bitten die Bevölkerung um Unterstützung. »Bei der Überprüfung der Melde- sowie Beschuldigtenkartei wurden ca. 70 Personen mit dem Vornamen ›Harry‹ ermittelt. Hierauf wurden die Antragsbogen für den Personalausweis gezogen und die darauf enthaltenen Lichtbilder der Zeugin Schubert sowie Schwendt zwecks Wiedererkennung vorgelegt. Beide Personen erklärten, daß die Person des gesuchten Harry nicht dabei sei. An der Arbeitsstelle der Geschädigten konnte nichts Wesentliches in Erfahrung gebracht werden, lediglich, daß sie am Sonnabend, den 19.4.52, 96 DM Krankengeld abgeholt hat.«

Manch eine sah vielleicht den Mörder. »Eine in der Augustusburger Str. 248 wohnende Frau Schneider gab an, daß sie am fraglichen Tage, nämlich am 19.4.52, gegen 18.40 Uhr, mit der Straßenbahn stadteinwärts gefahren sei. Sie sei im Anhängerwagen gesessen, als eine männliche Person aus dem Hause Augustusburger Str. 246 gelaufen kam und auf die bereits in Fahrt befindliche Straßenbahn aufgesprungen sei. Die Person wäre auf den hinteren Perron des Anhängers stehen geblieben. Allerdings kann sie eine Personenbeschreibung nicht geben. Aufgrund dessen wurde bei der Verwaltung der Straßenbahn (Fahrdienstleiter) nachgeforscht, welche Angestellten in dieser Zeit und auf der Strecke Dienst taten. Weitere Ermittlungen hierüber sind noch im Gange.« Eine weitere Zeugin sah genau denselben Fahrgast, der es sehr eilig hatte. War das der Harry, der die Martha Lieboldt oft besuchte? Selbst nach den Verstorbenen dieses Namens wird gesucht, doch der Mann namens Harry bleibt Phantom.

Medial »senken sich die Fahnen vor den toten Kumpeln«. Die Rettungsmaßnahmen am Martin-Hoop-Schacht IV stehen »unter der persönlichen Leitung des Staatssekretärs für Kohle und Energie, Max Fritsch, der zusammen mit Funktionären der Sozialistischen Einheitspartei Deutschlands, der Gewerkschaft und Werkleitung, immer wieder einfuhr, um an Ort und Stelle zu helfen. Die gesamte Bevölkerung des Zwickau-Oelsnitzer Steinkohlereviers, darüber hinaus alle Werktätigen in Ost und West unseres deutschen Vaterlandes verneigen sich in tiefer Trauer vor unseren toten Helden.« Staatspräsident Wilhelm Pieck sendet dem sächsischen Ministerpräsidenten Max Seydewitz einen Beileidsbrief, in dem er schreibt: »Sorgen Sie bitte für eine gute soziale Betreuung der Hinterbliebenen und für die beste ärztliche Behandlung der verletzten Bergleute. Ich bitte Sie, den Angehörigen der tödlich verunglückten Bergarbeiter mein tiefempfundenes Beileid zu übermitteln. Den bei dem Unglück verletzten Bergleuten wünsche ich baldige Genesung. Übermitteln Sie bitte, Herr Ministerpräsident, den Rettungsmannschaften meinen herzlichen Dank für ihren tapferen und selbstlosen Einsatz bei der Rettung ihrer verunglückten Kollegen.« Beileidstelegramme folgen vom ZK der SED, der Staatsregierung der DDR, aus dem In- und Ausland. Hilfsgelder werden angewiesen, Unterstützung zugesagt. Die Bevölkerung spendet. Sanatorien in den schönsten Gegenden halten Betten vor. Betriebe stellen Ferienplätze für Kinder und die Hinterbliebenen zur Verfügung.

Mindestens 47 Kumpel kamen beim Unglück ums Leben. Staatstrauer wird am 23. April, dem Tage ihrer Beerdigung, angeordnet. Nicht nur das Steinkohlerevier Zwickau-Chemnitz, das Land ist tief betroffen, trauert.

Dic Umstände, die zum Tod der Martha Lieboldt führten, sind noch immer ungeklärt. Jedoch ergeben sich neue Facetten im Charakter des Opfers. Martha Lieboldts jüngere Schwester Grete sagt aus: »Als ich im 5. Lebensjahre stand, verlor ich meine Mutter, weil mein Vater im Verlaufe einer Auseinandersetzung diese mit einem Holzscheit verletzte, an deren Folgen sie kurze Zeit später im Krankenhause verstorben ist. Mein Vater wurde zu einer längeren Zuchthausstrafe verurteilt. Aus diesem Grunde wurden die fünf kleineren Geschwister zu fremden Personen in Pflege gebracht. Von allen Geschwistern war ich mit meiner Schwester Martha Lieboldt am engsten in Verbindung, welche auch bis in die spätere Zeit anhielt. Mir ist bekannt, daß meine Schwester Martha Lieboldt mit einem gewissen Hansmann in Markneukirchen verheiratet war. Insgesamt entstammen dieser Familie vier Kinder, wovon noch zwei am Leben sind. Die vollständigen Personalien des Hansmann sind mir nicht bekannt, ich weiß aber, daß er noch in Markneukirchen wohnhaft sein soll. Die Begründung der Ehescheidung ist darin zu suchen, daß meine Schwester Martha unerlaubte Beziehungen zu anderen Männern unterhalten hat. Die Ursache des Selbstmordes des zweiten Ehemannes meiner Schwester ist ein politisches Motiv gewesen, da dieser damals der NSDAP angehört hat.

Seit 1948 bin ich wieder verheiratet, und seit diesem Zeitpunkt kam meine Schwester Martha Lieboldt nur noch sehr selten zu mir. Ich weiß, daß sie vor und nach dieser Zeit vorwiegend mit einem gewissen Gunter Mangold, sowie dessen damaliger Braut, die in der Nähe von Adelsberg wohnte, verkehrt ist. Außerdem hatte sie noch Verbindung zu einer männlichen Person namens Franz, Familienname unbekannt, jetzt ca. 39 Jahre alt, sowie Neubert, Vorname unbekannt, vermutlich Eck- oder Hauboldtstr. Die Adresse des Franz dürfte dem Mangold, Gunter, bekannt sein. Bei dem Neubert handelt es sich um eine Person, welche etwa 1946/47 einen Einbruch bei meiner Schwester Martha Lieboldt ausgeführt hat. Weitere Bekanntschaften männlicher oder weiblicher Personen bis auf verschiedene Hausbewohner sind mir nicht bekannt geworden. Eine männliche Person mit dem Vornamen ›Harry‹ kann ich nicht angeben. In der Vergangenheit habe ich meine Schwester Martha Lieboldt stets als einen sauberen, ordentlichen und lebenslustigen Menschen kennengelernt. In sexueller Beziehung war sie stark ausgeprägt und demzufolge hatte sie auch einen größeren männlichen Bekanntenkreis. Vorwiegend liebte sie den Umgang mit jüngeren Männern, da ihr diese mehr zusagten. Für diese Personen hatte sie auch alles übrig und war in keiner Weise geizig veranlagt. Hierbei möchte ich erwähnen, daß sie auch mit einem gewissen Weigel, Heinz, wohnhaft Gablenz, verheiratet, beschäftigt als Gewerkschaftsfunktionär, ein Verhältnis unterhalten hat. Mit diesem Weigel hatte sie die Absicht, eine Ehe einzugehen, was sich jedoch in nachfolgender Zeit zerschlagen hat.

In der Vergangenheit war meine Schwester Martha niemals ernsthaft krank gewesen, d. h. bis auf kleinere Magenbeschwerden, welche aber auf ihre körperliche Konstitution keinen Einfluß hatten. Mir wurde bekannt, daß meine Schwester Martha sehr oft in den Gaststätten ›Jägerhof‹, ›Friedensburg‹, ›Kelch‹ und ›Neues Heim‹ verkehrte. Von ihrer Arbeitsstelle AG-Marten lief meine Schwester Martha bis zur Straßenbahnhaltestelle 7 und fuhr von dort aus bis vor ihr Wohngrundstück. Hin und wieder wurde von meiner Schwester Martha geäußert, daß sie die Absicht habe, einen Selbstmord zu begehen, was ich aber aufgrund ihrer Charaktereigenschaft niemals als ernst auffassen konnte.

Als ich beim Begräbnis meiner Schwester zugegen war, sah ich u. a. ein jüngeres Mädchen, wobei ich mich nicht des Eindrucks erwehren konnte, daß möglicherweise meiner Schwester mit dieser bzw. mit anderen weiblichen Personen lesbische Beziehungen unterhalten hat. Dies ist lediglich eine Annahme von mir, und ich habe keine Beweise, die diese Annahme rechtfertigen könnten. U.a. soll dieses junge Mädchen, wie mir zugetragen wurde, geäußert haben, daß die Volkspolizei nicht alles zu wissen braucht. Dies erzählte mir mein Schwager.

Mir ist nicht bekannt, daß meine Schwester Martha im Besitze eines Sparbuchs gewesen ist, sondern daß sie einen schwankenden Geldbetrag stets als Rücklage in der Wohnung aufbewahrte. Am Tage des Begräbnisses erzählte mir Frau Ohldorf, daß sie während der Abwesenheit meiner Schwester ihr das Essen gekocht habe. Ob sie zu diesem Zwecke den vorhandenen Schlüsselbund mit den Wohnungsschlüssel ausgehändigt bekommen hat, kann ich nicht angeben und habe dies auch nicht gesprächsweise in Erfahrung bringen können. Abschließend möchte ich bemerken, daß mir die Ohldorf nach dem Tode meiner Schwester Martha zwei Sicherheitsschlüssel von deren Wohnung ausgehändigt hat, die sie angeblich im Keller meiner Schwester beim Aufräumen gefunden habe. Weitere Angaben, die zur Aufklärung einer strafbaren Handlung dienen könnten, kann ich nicht machen. Vorstehendes entspricht der Wahrheit«, sagt Grete und unterschreibt das Protokoll.

Marthas ältere Schwester Marga meint: »Infolge persönlicher Auseinandersetzungen mit meiner Schwester bin ich in den letzten vier Jahren nicht mehr zu ihr in die Wohnung gegangen, auch wurde ich von ihr in meiner Wohnung nicht aufgesucht. In der zurückliegenden Zeit beschäftigte sich meine Schwester Martha u. a. auch mit Schiebergeschäften, was wir nicht gern gesehen haben. Meine Schwester Martha kann ich als eine saubere, ordentliche und arbeitsame Person schildern, welche aber auf sexuellem Gebiet ein sehr ausschweifendes Leben geführt hat. In der Familie war allgemein bekannt, daß zahlreiche weibliche und männliche Personen bei ihr übernachtet haben.«

Zum geschiedenen Ehemann und ihren Kindern in Markneukirchen pflegte Martha Lieboldt keinen Kontakt. Selbst der zu ihren Schwestern ist sehr selten. Martha Lieboldt besaß keine Familie, nur Freunde.

Genauer daraufhin befragt, sagt Hertha Schubert, die im Stockwerk unter Martha Lieboldt wohnt: »Ich wohne seit etwa 4 Jahren im Hause Augustusburger Str. 246. Seit dieser Zeit kenne ich auch die Frau Lieboldt. Ich habe etwa zwei Jahre lang mit ihr freundschaftlich verkehrt, zog mich aber dann zurück, weil mir ihr Männerverkehr zuviel wurde.

Am Freitag, den 18.4.1952, gegen Mittag, fragte sie mich, ob es schon Geld gäbe, worauf ich antwortete: ›Nein, erst am Montag.‹ Sie hat nämlich seit Weihnachten den Krankenschein. Am Sonnabend, den 19.4.1952, habe ich sie kurz vor 15.00 Uhr kommen sehen. Sie stieg aus der Straßenbahn und war nach meinem Dafürhalten schon etwas beschwipst. Ich habe aber nicht mit ihr gesprochen. 1/2 Stunde später habe ich im Hausflur Fenster geputzt. Zu dieser Zeit kam ein junger Mann die Treppen schnellen Schrittes nach oben, und ich hörte, wie er bei Frau Lieboldt klingelte. Gleich darauf öffnete sich die Tür. Kurz darauf kam die Frau Ohldorf, die auch oft bei ihr verkehrt, und ich hörte auch an der Tür von Frau Lieboldt Lachen, aber Frau Ohldorf scheint nicht in der Wohnung gewesen zu sein, denn sie ging gleich darauf wieder. Anschließend kam eine gewisse ›Trudel‹, welche in der Geibelstraße wohnt. Sie wurde aber ebenfalls nicht in die Wohnung gelassen und ging gleich wieder.« Auch Hertha Schubert kann den Mann beschreiben, den Martha Lieboldt zur Tatzeit in ihre Wohnung ließ: »Ich schätze ihn auf höchstens 21 Jahre, etwa 1,65–1,68 m groß, er trug einen hellen Anzug, hatte einen grauen Hut auf, trug braune Schuhe, meiner Ansicht nach waren diese mit Kreppsohlen. Er hatte ein schmales Gesicht und trug bei sich noch eine braune Aktentasche.« Aus der Wohnung hat die Zeugin diesen Mann nicht wieder gehen sehen. Und ob der Harry heißt, das weiß Hertha Schubert nicht.

Nähere Angaben macht jetzt doch Marthas sehr enge Freundin Gertrud Schwendt. Sie ist jung, erst 23. Mit ihr ist Martha Lieboldt sehr oft unterwegs gewesen. »Im vorigen Jahre im August kam ich nach Chemnitz. Ich habe hier bei der Firma Marten A.G. die Arbeit aufgenommen. Jetzt bin ich bei der Firma Schrottverwertung VEB Berlin, Zweigstelle Chemnitz, beschäftigt. Schon seit meinem Aufenthalt in Chemnitz kenne ich die Frau Lieboldt. Sie war bei der ersten Firma mit mir beschäftigt. Wir sind dann oftmals zusammen fortgegangen, hauptsächlich in der letzten Zeit. Dabei wurden, wie das so ist, auch Männerbekanntschaften gemacht, sowohl bei der Martha als auch bei mir. Ich möchte bemerken, daß die Martha in dieser Angelegenheit nicht gerade wählerisch war. Ich weiß, daß viele Männer bei ihr in der Wohnung aus- und eingingen. Mit Namen kann ich allerdings keine nennen, da ich diese nur gesprächsweise von der Martha erfahren habe. Vor etwa 3–4 Wochen kam ich auch einmal zu ihr in die Wohnung. Es war gegen Abend, und da war auch ein Mann bei ihr im Zimmer. Dieser Mann ging aber nach meinem Erscheinen gleich wieder. Etwa eine Woche später war ich wieder bei ihr, und wir wollten zusammen ausgehen. An der Endstelle 7 vor der Wohnung der Martha, stieg dann dieser junge Mann, den ich vorher bei ihr im Zimmer gesehen hatte, in die Straßenbahn. Ich saß im Inneren des Wagens, während Martha mit dem jungen Mann auf dem Perron stehen blieb. Zusammen gingen wir dann in den ›Jägerhof‹. Dort saß dieser junge Mann nicht mit an unserem Tisch, sondern er lief immer umher. Dadurch, daß Martha diesen jungen Mann mit ›Harry‹ begrüßte und anredete, war mir bekannt, daß er so heißt. Seit dieser Zeit habe ich diesen Harry nicht mehr gesehen. Bemerken möchte ich, daß ich mit Martha später noch einmal in die Gaststätte ›Neues Heim‹ gegangen bin. Hier war dieser Harry aber nicht mit dabei, sondern er blieb im ›Jägerhof‹.« Auch Gertrud Schwendt kann Harry beschreiben. Auch ihre Aussage deckt sich mit der der anderen Zeuginnen: etwa 1,68-1,70 m groß, dunkelblondes, gewelltes Haar. Dunkles Jackett und Hosen von gleicher Farbe. Hemd ohne Schlips. Schuhe mit Kreppsohlen. Gesicht nicht dick. Gesichtsfarbe hell. »Martha äußerte wohl einmal, wenn ich mich recht entsinne, daß dieser Harry vom Westen gekommen wäre und er wahrscheinlich nach dort will, aber kein Geld hat. Am Freitag, den 18.4.1952, habe ich Martha das letzte Mal gesehen und zwar bei der Frau Ohldorf. Es muß gegen 16.00 Uhr gewesen sein. Sie hatte eine Karte Speisemarken von der Wismut A.G. bei sich und wir gingen an diesem Tage nach dem ›Palmengarten‹ essen. Gegen 20.00 Uhr waren wir dann bei mir an der Wohnung und hier verabschiedeten wir uns.

Vorher verabredeten wir noch, am Sonnabend, den 19.4.52, gemeinsam auszugehen. Martha kam aber nicht. Um 16.00 Uhr bin ich dann zu ihr in die Wohnung gegangen. Ich hörte laute Radiomusik in ihrem Zimmer und klopfte an die Tür. Es meldete sich jedoch niemand, sondern ich hörte nur Schritte, und gleich darauf spielte das Radio nicht mehr. Ich habe noch eine Weile gewartet, auch angeklopft und gerufen, es wurde jedoch nicht geöffnet, sondern im Zimmer war eine auffällige Ruhe eingetreten. Frau Schubert aus dem Hause sagte mir noch, daß ein junger Mann drinnen ist, den sie die Treppe hat hochgehen sehen. Ich bin dann nach Hause gegangen.« Sahen die beiden Frauen den Mörder? Klopfte Gertrud Schwendt in dem Moment, als Martha Lieboldt getötet wurde? Das Radio stellte in der Wohnung einer leiser, als Gertrud Schwendt davorstand. Aber es war nicht ungewöhnlich, daß Martha Lieboldt ihre Tür verschlossen hielt, wenn sie Besuch empfing.

Allerdings sagten die Betreiber des Lebensmittelladens, sie sollten auf Martha Lieboldts Namen nicht mehr borgen. »Kurz vor dem Ableben der Frau Lieboldt borgte sich die Gertrud Schwendt bei uns fünf Zigaretten auf den Namen der Lieboldt. Sie ist uns dadurch bekannt, daß sie ab und zu dieses Ansinnen an uns stellte, ihr Lebensmittel gegen spätere Bezahlung abzugeben. Sie ist uns als schlechte Bezahlerin bekannt. Sie unterhielt mit der Lieboldt engere Beziehungen und erzählte uns einmal, daß die Lieboldt ihr wie eine richtige Mutter sei.« Waren die Frauen übers Geld in Streit geraten? Aber warum zog sich dann Martha Lieboldt aus? Ihre Sachen lagen ordentlich auf dem Sessel neben dem Sofa. Die Umstände wirkten nicht, als sei die Tat im Streit verübt.

Gertrud Schwendt sind die Gerüchte über sie bekannt. Sie geht nicht auf sie ein. Ja, sie habe sich auf dem Namen ihrer

Freundin ab und zu geborgt. Ja, die Martha hatte nichts dagegen. Gestritten haben sie sich nicht. Gertrud Schwendt hat die Freundin den ganzen Sonnabend nicht gesehen, sie klingelt tags drauf erneut bei ihr. »Am Sonntag, also am nächsten Tage, gegen 10.00 Uhr, ging ich wieder zu Martha, klopfte und klingelte, es meldete sich aber wieder niemand. Vom Hof aus sah ich, daß das Rollo heruntergezogen war. Bemerken möchte ich, daß ich diese Wahrnehmung schon am Sonnabend machte. Ich ging zu Frau Ohldorf und fragte diese, ob sie nicht wüßte, wo die Martha wäre. Sie sagte, daß sie selbst schon einige Male bei ihr gewesen sei und niemand geöffnet habe. Wir nahmen nun an, daß sie schläft. Am Montag, den 21.4.52, gegen 16.00 Uhr, bin ich wieder zu Martha gegangen, ich möchte mich berichtigen, ich war bei der Frau Ohldorf in der Wohnung. Diese suchte bereits mit einer anderen Frau, die in der Kreerstraße wohnt, die Martha. Später haben wir dann die Wohnung durch die Polizei öffnen lassen, und Martha auf dem Sofa liegend vorgefunden.«

Männer, die mit Martha Lieboldt schliefen, gibt es viele. Manche kann die Polizei identifizieren. »In der Zeit vom Herbst 1949 bis etwa Ende Juli 1950 unterhielt ich mit der Lieboldt, Martha ein intimes Verhältnis, wobei ich auch des öfteren in ihrer Wohnung weilte. Die Lieboldt lernte ich zur damaligen Zeit in dem Lokal ›Helbersdorfer Gasthaus‹ in Chemnitz kennen. Erst später erfuhr ich, daß die Lieboldt wesentlich älter war als ich, und aus diesem Grunde brach ich die Beziehung im Juli 1950 zu ihr ab. Zum Zeitpunkt des Kennenlernens war ich noch mit meiner 1. Frau Lieselotte, geb. Kühn, verheiratet. Die Scheidung erfolgte im Februar 1950. Während des Bekanntseins mit der Lieboldt konnte ich feststellen, daß diese sehr sauber und ordentlich war, was besonders in ihrer Wohnung zum Ausdruck kam. In sexueller Beziehung muß ich sie als leicht und temperamentvoll bezeichnen. Sadistische Regungen in dieser Hinsicht konnte ich nicht feststellen, jedoch wurde von ihr u. a. auch französische Liebe ausgeführt.«

Gunter Mangold vom Theater galt als lang mit ihr befreundet, er wird befragt. »Bei der Durchführung des GV tagsüber legte die Lieboldt ihre Bekleidungsgegenstände vornehmlich und ordnungsgemäß über die Sessellehne in der Nähe der Couch. In keinem Falle weiß ich, daß sie ihre Sachen unordentlich ablegte.« Das spricht für intime Handlungen im gegenseitigen Einverständnis vor dem Tod, denn auch am Tatort lag Martha Lieboldts Kleidung ordentlich gefaltet überm Sessel. »Periodenerscheinungen hatte die Lieboldt nicht mehr. Hinzufügen möchte ich, daß die Lieboldt eine braune Wolldecke hatte, welche ähnlich einer Kamelhaardecke aussah. Diese wurde entweder im Schlafzimmer oder in der Wohnküche auf der Couch aufbewahrt. Die Decke wurde auch verschiedentlich zum Zudecken verwendet, wenn sie sich auf die Couch legte.« Seine geschiedene Frau hat die Lieboldt nicht belästigt, sagt Gunter Mangold. Widersprüche können die Kriminalisten weder bei Mangold noch bei den andern Zeugen ermitteln.

Die Sofadecke – vielleicht das Tatwerkzeug, denn der Gerichtsmediziner nimmt mit Sicherheit an, »daß die Pulsaderöffnung nicht die Todesursache war, sondern, daß das Opfer erwürgt und später mit einem Kissen erstickt worden ist.« Raubmord ist immer wieder die Arbeitshypothese der Ermittler. Martha Lieboldt wurde wahrscheinlich von einem ihrer Liebhaber und Kunden getötet. Vielleicht nämlich waren Waren von Wert in der Wohnung. Denn »in den Jahren 1945 und später wurden von der Lieboldt kleinere Schiebereien vorgenommen. Es drehte sich dabei hauptsächlich um Strümpfe, Punktkarten usw. Es soll auch ein Vorgang bei der Polizei anhängig geworden sein, wobei die Strafe in Geldstrafe und Bewährungsfrist umgewandelt worden ist. Das kann möglicherweise im Jahre 1947 gewesen sein«, weiß die Hausvertrauensfrau. Handelte die Lieboldt noch immer mit Mangelgütern, Waren, die in der DDR der Handel selten anbot oder gar nicht?

»Es ist richtig, daß sich die Lieboldt in den vergangenen Jahren mit Schiebergeschäften befaßt hat, u. a. verkaufte sie Butter, Kakao, Wäsche, Kleiderkarten usw. Sie wurde dieserhalb auch bei der Volkspolizei anhängig und bekam, soweit mir bekannt ist, eine Geldstrafe, die wahrscheinlich noch nicht bezahlt worden ist. Seit dieser Bestrafung hat sie sich nicht mehr mit diesen Dingen befaßt«, sagt Nachbarin Hertha Schubert.

Martha Lieboldt handelte nicht immer nach den sozialistischen Gesetzen. »In der Zentralkartei des VPKA Chemnitz konnte in Erfahrung gebracht werden, daß vier Vorgänge einliegen, in welchen die Lieboldt mit genannt wird. Es handelt sich um die Vorgänge

II 4040/45 – wegen Diebstahl
II 4552/46 – wegen Einbruch
II 2328/47 – wegen Holzdiebstahl und
171/50 – wegen Schieberei.

Bei den beiden erstgenannten Vorgängen ist die Lieboldt als Geschädigte aufgeführt. In den nachgenannten Vorgängen ist sie als Beschuldigte festgehalten, wobei sie im Vorgang Tgb.-Nr. 171/50 mehrere Tage in Haft behalten werden mußte. Außer diesem Vorgang konnten keine weiteren Vorgänge zur Auswertung beigezogen werden, da diese bereits an andere Institutionen abverfügt worden sind.«

Und, so sagt die Hausvertrauensfrau: »Es war allgemein bekannt, daß in den vergangenen Jahren Mangelware bei der Lieboldt käuflich zu erwerben war. Da ich aber erst seit Oktober 1951 in diesem Hause wohnhaft bin und dies nur gesprächsweise von meinen Schwiegereltern erfahren habe, kann ich darüber keine konkreten Angaben machen.« An Schwarzmarktgeschäften hatte Martha Lieboldt verdient, und sie empfing auch »provokatorische und unserem Aufbau negativ gegenüberstehende Menschen«. Überhaupt sei sie nicht dem Sozialismus linientreu, weiß mancher. Martha Lieboldt eine Agentin im Dienste der Bonner Ultras?

1952 herrschte in Deutschland Kalter Krieg. Staatsfeinde, die den Aufbau des Sozialismus zu verhindern suchten, witterte die DDR-Regierung überall. Schieber und andere Straffällige waren vom westlichen Regime gesteuert, das es darauf anlegte, das neue Deutschland zu vernichten. Wie McCarthy in den USA aller Orten Spione des Kommunismus vermutete und fand, fühlte sich die DDR an sensiblen Stellen von westdeutschen Agenten unterwandert. Viele, die mit Falschaussagen und fragwürdigen Indizien zu Geständnissen gepreßt und dann verurteilt wurden.

Auch das Grubenunglück im Zwickauer Martin-Hoop-Schacht IV war offiziell eine Tat von Saboteuren. So wurden »acht leitende Angestellte der Steinkohleindustrie in der Deutschen Demokratischen Republik als Organisatoren und Initiatoren einer der bisher größten Schädlingsgruppen in der Industrie der Deutschen Demokratischen Republik festgenommen. Sie haben im Auftrage der amerikanischen und deutschen Imperialisten unter Mißbrauch ihres technischen Wissens, des ihnen von der Regierung der Deutschen Demokratischen Republik geschenkten Vertrauens und aller ihnen entgegengebrachten Möglichkeiten zur Entfaltung einer schöpferischen Initiative 1947 eine systematische Schädlings- und Spionagetätigkeit auf dem Gebiet der Steinkohleproduktion durchgeführt und damit der Deutschen Demokratischen Republik erheblichen Schaden zugefügt. Die früher leitenden Angestellten der kapitalistischen Monopole in den Werken der oberschlesischen Steinkohleindustrie sabotierten die Bemühungen der Regierung um die ständige Verbesserung des Arbeits- und Gesundheitsschutzes im Steinkohlebergbau und sind schuldig an Unglücksfällen im Zwickau-Oelsnitzer Kohlenrevier … Unter Missachtung aller grundsätzlichen bergbautechnischen Regeln veranlassten sie die vorzeitige Inbetriebnahme des Martin-Hoop-Schachtes IV unter der Vorgabe, das Soll erfüllen zu müssen, obgleich die technische Kapazität der Werke nicht ausgelastet war. Die Pläne der Hintermänner des ›Tages X‹, deren Interessen sie vertreten, werden besonders klar, angesichts des Eingeständnisses, ›das aus guter Kohle bestehende riesige Nordostfeld stehengelassen zu haben. Es sollte unausgenützt bleiben, bis die Amerikaner da sind‹, d. h. bis zur geplanten Eroberung der DDR.«

Auf den Klassenkampf verweisen auch die Losungen zum 1. Mai des Jahres 1952. »Gegen die Politik der Spalterregierung Adenauers, die freie und geheime Wahlen zu verhindern sucht! Gegen die Clique der Bonner Militaristen und Revanchisten, die einen neuen Krieg vorbereitet und gegen einen Friedensvertrag mit Deutschland ist!«

Staatsfeindliche Äußerungen waren von Martha Lieboldt nicht geäußert worden, zumindest können sich die Zeugen nicht erinnern, solche von ihr gehört zu haben. Auch galt Martha als gute und zuverlässige Arbeiterin, war kollegial und herzlich. »Sie war den im Hause wohnenden Kindern gegenüber sehr freigiebig veranlagt.« Und wenn es zum Streit kam, war er schnell vergessen.

»Die Lieboldt neigte dazu, sich über unangenehme Dinge schnell hinwegzusetzen. Es kam jedoch auch vor, daß sie schlecht gelaunt war, und in diesem Zusammenhange tat sie wohl die Äußerung, daß sie das Leben oft satt habe. Meine inzwischen verstorbene Mutter teilte mir einmal mit, daß die Lieboldt zu ihr einmal gesagt habe, daß sie nicht auf den Schluß ihres Lebens warten wolle, d. h. mit anderen Worten, daß sie sich einmal das Leben nehmen werde. Trotz ihres schlechten Lebenswandels besaß die Lieboldt keinen schlechten Leumund und Charakter … Kurze Zeit vor ihrem Ableben unterhielt ich mich mit ihr über das Aufsetzen eines Testamentes, wobei mich die Lieboldt fragte, wie dies gehandhabt werden muß. Sie brachte dabei zum Ausdruck, daß ihre Verwandten nichts erhalten würden, war sich aber noch nicht im klaren, wer diese Erbschaft bzw. ihre Hinterlassenschaft erhalten sollte. Verschiedentlich gab sie an, daß sie es satt habe, wobei sie gleichzeitig eine Handbewegung nach dem Halse machte.« Einen Selbstmord schließen die Indizien nicht aus. Hat sich Martha Lieboldt selbst getötet?

Auch deswegen »wurde der praktische Arzt Dr. med. Heller in der Städt. Poliklinik 1 in Chemnitz aufgesucht, welcher die Lieboldt während ihrer Krankheit behandelt hatte. Dieser gab auf Befragen an, daß die Lieboldt lediglich an nervösen Störungen gelitten hatte. Von einer Kehlkopfentzündung, wie sie auf dem Gesundheitsbogen im Betrieb vermerkt war, hat Dr. Heller nichts festgestellt. Sie habe lediglich im Januar 1952 eine leichte Bronchitis gehabt, die aber nach einigen Tagen wieder geheilt werden konnte. Dr. Heller betonte weiter, daß die Krankheit der Lieboldt nicht so ernst war, daß sie hätte aufgrund derselben Selbstmord verüben können. Sie habe eher die Krankheit als Grund zum Bummeln benutzt, da ihr die Arbeit in der Fa. A.G. Marten aufgrund ihres Alters zu schwer war. In ihrem Wesen sei die Lieboldt aber im großen und ganzen sehr nett und vor allem sehr hilfsbereit gegenüber ihren Mitmenschen gewesen. Auch habe sie viel Umgang mit Männern gehabt. Die älteren Männer habe sie wahrscheinlich in bezug auf Unterstützung ausgenützt, während sie jüngere Männer ihrerseits unterstützte.«

Der polizeiliche Überarbeitungsbericht vom 27.8.1952 hält fest: »Nach der nochmals vorgenommenen Durcharbeitung des Vorganges Mordsache Lieboldt, Martha, Tgb.Nr. 1928/52 VPP Zwickau Az. IIIc - AR 188/52 der St.A. Chemnitz von der MK Chemnitz in Verbindung mit den geführten Rücksprachen der ehem. MK Zwickau und dem Komm. C1 Chemnitz ergeben sich Anhaltspunkte, welche eine Fortführung der Ermittlungen in Richtung eines Selbstmordes ebenfalls gerechtfertigen. Die von der MK Zwickau aufgestellten Ausführungen von Beweismitteln, welche ausschließlich nur auf ein Verbrechen hindeuten, können vorläufig nicht weiter aufrecht erhalten werden, da sie gleichfalls den Schluß zulassen, daß ein Selbstmord nicht ausgeschlossen ist, trotzdem vermutlich verschiedene Sachen bzw. Gegenstände aus der Wohnung nicht mehr vorhanden sind. Die Möglichkeit einer Veräußerung der bestimmten Gegenstände wurde noch nicht überprüft.

In der Zusammenfassung wurde festgestellt, daß die Totenflecke der Leiche Lieboldt darauf schließen lassen, daß eine Veränderung der Leiche nach Todeseintritt nicht erfolgt ist.

Die vor dem Tod entstandenen Verletzungsfolgen an der Halshaut sowie der Brustmuskulatur können von hier aus nicht als typische Würgemerkmale angesehen werden. Aufgrund dessen, daß die Lieboldt eine Neigung zum Sadismus hatte, ist die Frage der Beibringung der Verletzungen durch eigene Hand noch besonders zu überprüfen. Dergleichen ihre Äußerungen in bezug auf einen Selbstmord. Besonders ist zu bemerken, daß bei der Obduktion keinerlei Hinweise und Vorhandensein von Sperma festgestellt werden konnten.

Die im Sektionsprotokoll aufgeführte Todesursache, Tod durch Herzkreislaufversagen, läßt gleichfalls mehrere Möglichkeiten offen.

Das vom ED der MK Zwickau im Bildbericht Bl. 28 d.A. angeführte objektive Beweismittel Streichholz kann vorläufig nicht als objektiv gelten, weil eine völlige Sauberkeit der Oberfläche in jedem Fall möglich ist, wenn das Ausspritzen oder Auslaufen von Blut aus einer Wunde, vornehmlich aber bei der Beweglichkeit des Armes, mehrere Abspritz- oder Auslaufrichtungen zuläßt. Durch die Tragfähigkeit des Holzes (teils auch durch die Imprägnierung) wird durch eine Umspülung von einer Flüssigkeit das Holz gehoben, so daß eine Beschmutzung der Oberfläche nicht eintritt. Infolge der abgebrannten Zündfläche (Holzverkohlung – Saugfähigkeit) muß zwangsläufig, wenn diese Erscheinung vorhanden ist, eine mehr oder mindere Beeinflussung vorliegen. In der Sache Lieboldt ist dies jedoch nicht der Fall, wie aus dem Bildbericht ersichtlich ist.

Die Schnittwunde am li. Handgelenk innen dürfte aufgrund ihrer Beschaffenheit nicht nur durch einen Schnitt verursacht worden sein, wie es oft auch bei Selbstmördern der Fall ist. Damit kann aber eine Gewalteinwirkung durch fremde Hand nicht vorgeworfen werden. Die Fingerstellung der re. Hand läßt des weiteren zu, daß das Messer von der Lieboldt selbst geführt worden ist. Blutanhaftungen im Bezirk der betr. Hand sind nicht immer mit Sicherheit vorauszusetzen. Auch in dieser Beziehung sind die Voraussetzungen immer Eventualmöglichkeiten gleichzusetzen.

Trotzdem bei der Sektion Lieboldt am 23.4.52 zwecks histologischer Untersuchung Mageninhalt, Darminhalt, Blut und Urin sichergestellt worden ist, liegt ein entsprechendes Untersuchungsergebnis nicht vor. Deshalb wurde am 22.8.52 mit der Pathologie Chemnitz Frau Dr. Breitscheidt Rücksprache genommen und festgestellt, daß ein Untersuchungsergebnis bisher noch nicht vorgelegen hat. Möglicherweise wurde das Ergebnis nicht an die MK Zwickau bzw. an das Pathologische Institut Chemnitz zur Kenntnisnahme weitergeleitet. Der Arzt Frau Dr. Breitscheidt wurde angewiesen, sofort entsprechende Maßnahmen vorzunehmen und der MK Chemnitz Mitteilung über das derzeitige Untersuchungsergebnis zukommen zu lassen. Das Untersuchungsergebnis wird bei Eingang nachträglich dem Vorgang beigefügt.

Durch die geführten Rücksprachen mit den damaligen Sachbearbeitern können nunmehr die folgenden Lücken bzw. nicht im Vorgang ersichtliche Ermittlungen und Ergebnisse geschlossen werden.

1.) Die Lieboldt war Raucherin und hatte die entsprechenden Utensilien wie Streichhölzer, Aschebecher, Zigaretten im Besitz.

2.) Ein Testament konnte nicht vorgefunden werden. Es waren auch keine Personen bekannt, welche als Erben der Hinterlassenschaft außer den Verwandten in Frage kamen. Eine direkte enge Verbindung zu den Geschwistern lag nicht vor, sondern diese Bindung war nach den gemachten Zeugenaussagen schon seit längerer Zeit nicht mehr vorhanden.

3.) Bei dem Mittel »Globonol« handelt es sich um ein Stärkungs- bzw. Kräftigungsmittel.

4.) In den Ermittlungen nach der männl. Person mit dem Vornamen Harry wurden außer den im Vorgang angeführten Gaststätten und Lokale der näheren und weiteren Umgebung einbezogen. Die Ermittlungen verliefen jedoch ohne Erfolg.

5.) Ein Einblick in das Wohnzimmer der Lieboldt war auch bei dem nicht heruntergelassenen Rollo nicht möglich.

6.) Die bei der Straßenbahn in Chemnitz angestellten Ermittlungen verliefen ebenfalls ohne Erfolg. Hinweise von dem Personal, welches am Tattag die Strecke der Straßenbahnlinie 7 gefahren hat, konnten keine gegeben werden.

7.) Ein Vorfinden von Hinweisen oder anderen Anhaltspunkten nach der Auflösung der Wohnung Lieboldt hat nicht vorgelegen. Es gingen in dieser Richtung von Seiten der Bevölkerung auch keine weiteren Meldungen ein, die eine Fortführung der Ermittlungen notwendig gemacht haben.

Aufgrund des vorliegenden Sachstandes machen sich nunmehr weitere Ermittlungen zur Klärung folgender Punkte notwendig.

1.) Trotz der inzwischen verflossenen Zeit Befragungen im Haus sowie im Bekanntenkreis der Lieboldt anzustellen, um die Adresse des Harry bzw. eine einwandfreie Personenbeschreibung zu erlangen.

2.) Nochmalige Befragung der Betriebsangehörigen der Fa. Marten, Borna, sowie genaue Feststellung anhand von Unterlagen, welcher Bargeldbetrag der Lieboldt kurz vor ihrem Tod ausgehändigt worden ist. Welche Ursache der Arbeitsunfähigkeit lag vor?

3.) Ausmittlung des betreffenden Arztes, bei welchen die Lieboldt letztmalig in Behandlung war. Welche Krankheitsursache wurde bei der Untersuchung festgestellt und welche Diagnose wurde auf dem Krankenschein vermerkt? Lag eine Frauenkrankheit vor? Wie lange war die gesamte Krankheitsdauer gewesen?
4.) War die Lieboldt im Besitz einer Monatsfahrkarte für die Chemnitzer Straßenbahn oder löste sie gewohnheitsmäßig Einzelfahrscheine?
5.) Ermittlungen im Theater in Chemnitz, Karl-Marx-Platz, nach der Person mit dem Vornamen Harry, zum Zeitpunkt der Tat bzw. einige Zeit vorher Holzschraubenfund mit beachten.
6.) Nach Möglichkeit feststellen, wo sich d. Lieboldt am Sonnabend, dem 19.4.1952 tagsüber bis zu ihrer Rückkunft in ihre Wohnung aufgehalten bzw. was von ihr an dem betreffenden Tage erledigt oder gekauft worden ist. Die möglicherweise verausgabte Bargeldsumme würde dann von der Summe des im Betrieb erhaltenen Krankengeldes abzusetzen sein. (Likör, Speisen, Getränke, verm. in Gasthäusern, da Angetrunkenheit vorlag), Überprüfung der Frage einer Fischvergiftung, da d. Lieboldt am Tattag Frischfisch eingekauft und verspeist haben soll.

Bei den folgenden Vernehmungen sind noch folgende Fragen zu klären bzw. zu ergänzen:
- Aufführung sämtlicher Bekannten der Lieboldt,
- lagen gesundheitliche Beschwerden oder Krankheiten in der Vergangenheit bzw. in der Gegenwart vor, einschl. das Vorhaben eines Selbstmordes,
- bevorzugte die Lieboldt bestimmte Altersklassen zum GV

und lagen sonstige Verbindungen z. B. Schiebereien zu diesen Personen vor,

- Ausmittlung der Anschrift der Eltern sowie ihrer Geschwister und sonstigen Verwandten, allgemeiner Leumund,
- wie war die Ordnung in den Wohnräumen der Wohnung Lieboldt und wo wurden von ihr (auch bei einem flüchtigen GV) die Bekleidungsgegenstände abgelegt,
- wo lag ansonsten die im Vorgang bezeichnete Wolldecke,
- galt die Lieboldt als freigiebig oder geizig und verborgte sie des öfteren kleinere Geldbeträge,
- welche Verbindung lag zwischen d. Lieboldt und d. Schwendt, Gertrud, jetzt wohnhaft Chemnitz, Leninstr. 148, vor?
- Nochmalige eingehende Vernehmung der Schwendt, Gertrud, und Prüfung, ob diese evtl. für einen Diebstahl bei der Lieboldt in Frage kommt bzw. ob sie andere Interessen hat, um in der Angelegenheit falsche Aussagen zu machen. Überprüfung des Leumundes der Schwendt, Gertrud.
- Inwieweit war die Lieboldt sadistisch oder masochistisch veranlagt? Feststellung, ob tatsächlich der erste Ehemann der Lieboldt eine dieser sexuellen Neigungen hatte und aus welchem Grunde er Selbstmord durch Erhängen verübt hat.
- Wurde tatsächlich die Mutter der Lieboldt von ihrem Ehemanne durch Beibringung von Schlagverletzungen getötet?
- Ausmittlung der Adresse des Ehemannes, welcher von der Lieboldt geschieden wurde und der derzeit noch in Chemnitz wohnhaft sein soll.
- Erkundigungen über das Vorhandensein eines Sparkassenbuches der Lieboldt sowie die Höhe des Sparguthabens, gegebenenfalls Nachfrage beim Fundamt Chemnitz auch in bezug auf evtl. aufgefundene und abgegebene Schlüssel der Wohnung.«

Fakt: Der Mörder der Martha Lieboldt wird nicht überführt. Aber vielleicht starb sie auch durch eigene Hand. Der Fall bleibt ungeklärt.

Die Schuldigen am Zwickauer Grubenunglück stehen im September 1953 vor Gericht. Der Prozeß mußte verschoben werden, denn die Ereignisse des 17. Juni 1953 ließen es den staatlichen Organen nicht ratsam erscheinen, ihm im Juni stattfinden zu lassen. Die Genossen kämpften ums Überleben ihrer DDR.

Im Herbst wird die Verhandlung gegen Saboteure zum Sensationsprozeß aufgeblasen. Die Medien der DDR berichten ausführlich und in aller Schärfe über die Machenschaften dieser Agenten. Den Angeklagten werden »Spionageverbindungen von Adenauers Schwiegersohn bis zum Harriman-Konzern vorgeworfen«. Der Hauptangeklagte Dr. Otto Fleischer, »mit dessen Vernehmung die Montagsverhandlung begann, gab vor dem Obersten Gericht zu, daß er während der Nazizeit als Leiter einer der größten Steinkohlegruben zugleich verpflichteter Agent der Gestapo war und in deren Auftrag Spitzeldienste leistete. Von den Faschisten wurde er dafür mit dem Kriegsverdienstkreuz ›ausgezeichnet‹. Seine damals praktizierte arbeiterfeindliche Haltung behielt Fleischer auch nach 1945 bei.

Der nach dem Westen geflohene Agent Laby, der es verstanden hatte, sich eine führende Stellung bei der früheren Zentralverwaltung für Brennstoffindustrie zu erschleichen, gab 1945 Fleischer den Auftrag zur Weiterleitung, von allen Berichten, Statistiken und wichtigen Schreiben Zweitschriften anzufertigen. Vor Gericht versuchte der Angeklagte zunächst dieses Verbrechen als einen ›Erfahrungsaustausch‹ zu bemänteln, mußte dann aber zugeben: ›Ich war mir bewußt, daß dies Spionage ist.‹«

Fleischer und die weiteren Angeklagten »bildeten mit Hilfe des Agenten Laby eine organisierte Schädlingsgruppe. Im gleichen Jahre knüpfte Fleischer Verbindung zu dem in Westdeutschland sitzenden Beauftragten des Harriman-Konzerns an, dem er mehrere Patente und vertrauliche technisch-wissenschaftliche Unterlagen zur Verfügung stellte. Im Jahre 1948 nahm Fleischer die Verbindung zu dem Ruhrmagnaten persönlich auf. Unter Ausnutzung einer Dienstfahrt suchte er das Vorstandsmitglied der Ruhrbergbauleitung, Direktor Stephan, auf. Ihm machte Fleischer ebenfalls Spionageangaben. Vor Gericht bestätigte Fleischer seine in der Voruntersuchung gemachte Aussage: ›Stephan gab mir den Auftrag, zu versuchen, die Steinkohleproduktion in der Sowjetischen Besatzungszone lahmzulegen, damit die vorhandenen Kohlen den ehemaligen Grubenbesitzern und den daran interessierten Amerikanern erhalten bleiben.‹ Im September 1950 traf Fleischer mit dem Agenten Sabaß, Direktor bei der Kohlenbergbauleitung in Essen und zugleich deren Vertrauensmann zur Adenauer-Regierung, in Verbindung. Auch Sabaß erhielt von Fleischer Wirtschaftsspionagematerial. Zugleich übernahm Fleischer den Auftrag, seine Forschungstätigkeit an der Bergakademie in Freiberg so durchzuführen, ›damit sie auch im rheinisch-westfälischen Bergbaugebiet verwendet werden kann.‹

Als besonders scharfer Ausbeuter und aggressiver Kriegsinteressent ist den Kumpeln in Westdeutschland der Besitzer der Horremer Braunkohlegruben, Wehrhahn, bekannt. Das nimmt nicht Wunder, wenn man weiß, daß Werhahn der Schwiegersohn des Bonner Kanzlers Adenauer ist. Mit diesem Wehrhahn traf sich Fleischer im August 1952. Er gab dabei einen genauen Überblick über die Organisation der Kohlenverwaltung in unserer Republik, die Technisierung des Tagebaus und sicherte die Übersendung weiterer Spionagematerialien zu. Anfang 1952 beauftragte Fleischer einen Vertrauensmann, die als ›Untersuchungsausschuß Freiheitlicher Juristen‹ bekannte imperialistische Agentur in Westberlin aufzusuchen. Da Fleischer in unserer Republik der Boden unter den Füßen bereits zu heiß wurde, wollte er erkunden, welche Möglichkeiten ihm nach einer Flucht aus der DDR in Westdeutschland geboten werden. Fleischer erhielt den Auftrag, sich erst weiter zu ›bewähren‹.

Generalstaatsanwalt Dr. Meisheimer wies darauf hin, daß die Angeklagten nichts mit der schaffenden fortschrittlichen Intelligenz unserer Republik gemein haben. Die Angeklagten sind gekaufte Subjekte imperialistischer Agenturen. Sie haben ihre Schädlingsarbeit geleistet, weil sie verschworene Feinde der Deutschen Demokratischen Republik waren. Durch ihre Handlungsweise haben sie den Verrat an der deutschen Nation und nicht zuletzt auch an der deutschen Intelligenz geübt, die in der Deutschen Demokratischen Republik in ihrer überwältigenden Mehrheit für eine glückliche Zukunft des deutschen Volkes tätig ist.«

Spionen drohte Todesstrafe. Auf Vaterlandsverrat konnte sie bis 1987 verhängt werden. Durch ihre Geständnisse minderten Dr. Otto Fleischer und die sieben mit ihm Angeklagten das Strafmaß. Sie erhielten zwischen fünf bis fünfzehn Jahren Haft.

Bereits während des Prozesses machten Kumpel in der sozialistischen Presse wieder positiv Schlagzeilen und versprachen »Mehr Kohle für die Bevölkerung«: Die IG Bergbau hatte zur Aktivtagung eingeladen. »Im Mittelpunkt der Beratungen stand das Referat des Vorsitzenden des Bezirksvorstandes der IG Bergbau, Kollege Vogel, der über die Aufgaben der Gewerkschaft auf dem Gebiet der Produktionsmassenarbeit zur

Verwirklichung des neuen Kurses unserer Regierung sprach. Er behandelte dabei besonders ausführlich die Aufgaben, die zu einem erfolgreichen Verlauf der Massenwettbewerbs ›Mehr Kohle für die Bevölkerung‹, an dem sich alle im Revier liegenden Gruben und Brikettfabriken beteiligen, zu lösen sind. In einem Aufruf forderte die Aktivtagung alle Kumpel, Techniker, Intelligenzler und Angestellten des gesamten Bergbaus der DDR zur breiten Entfaltung der innerbetrieblichen Wettbewerbe durch Übernahme von Produktionsverpflichtungen zur vorfristigen Erfüllung des Jahresplanes auf.«

Im Mordfall Martha Lieboldt ergeben sich bei den Ermittlungen im Jahre 1953 keine weiteren Hinweise. Der abschließende Bericht vermerkt: »Die bisher vorgenommenen Nachbearbeitungen, erneute Vernehmung von zahlreichen Personen, deren Überprüfungen, sowie die nachträgliche Beiziehung der chemischen Untersuchung der inneren Organteile bzw. Flüssigkeiten erbrachten keine Hinweise auf eine bestimmte Person, welche als Täter in Frage kommt. Erschwerend war, daß sich fast alle Personen durch die inzwischen verflossenene Zeit nicht mehr konkret festlegen konnten. Am 29.11. wurde die Schwendt, Gertrud, welche in enger Verbindung zur Lieboldt stand, in einem anderen Vorgang gehört. Gleichzeitig erfolgte eine Befragung in der Sache Lieboldt. Eine nochmalige Vernehmung erscheint nunmehr als nicht erfolgversprechend. Weder die Obduktion der Leiche Lieboldt, Martha, noch die später durchgeführten Untersuchungen auf Giftstoffe bzw. Blutalkoholwert ließen eine Todesursache feststellen. Bei einer evtl. Verhandlung muß also eine einwandfreie Überführung eines Täters ausscheiden, zumal anderes objektives Beweismaterial nicht oder zumindest ungenügend vorliegt. Auf den Bericht der MUK vom 27.8.52 wird im besonderen hingewiesen. Aufgrund des derzeitigen Sachstandes der Akte wird der Staatsanwaltschaft des Bezirkes Chemnitz der Vorschlag unterbreitet, den Vorgang zur Ablage zu bringen. Bis zum Eingang neuer Hinweise werden von der MUK keine weiteren Ermittlungen durchgeführt.«

Und doch wird die Akte Lieboldt noch einmal geöffnet. Im Frühjahr 1957 ist man einem Betrüger auf der Spur. Harry Rüstau hat sich in Chemnitz und anderen Orten des Bezirks von mehreren Personen Geld geborgt und ist nun verschwunden. Die Ermittler erinnern sich des Namens: Harry?

Ein Harry war des Mordes an Martha Lieboldt dringend tatverdächtig. Harry Rüstaus Beschreibung gleicht verblüffend der, welche die Damen vom Verdächtigen einst gaben. Die geschädigten Frauen geben Harrys Vorlieben zu Protokoll. Genau solche Sexualpraktiken bevorzugte auch Martha Lieboldt. Ein Ermittlungsverfahren wird eingeleitet, da »aufgrund eines Hinweises der MUK der BDVP Leipzig der dringende Tatverdacht besteht, daß der o. A. die vorsätzliche Tötung der Lieboldt, Martha, am 19.4.1952 in Chemnitz Augustusburger Straße 246 begangen hat. Die Einleitung eines Ermittlungsverfahrens gegen die Person des Rüstau erscheint gerechtfertigt.« Jedoch ist Harry Rüstau gegenwärtig »im Westen aufenthältlich«. Nachforschungen in Plauen u. a. Städten, wo er wohnte, finden statt. »Alle seine Verbindungen werden nachgeprüft. Rüstau soll sich selbst der Tat gebrüstet haben, weiß eine Frau von der Schwiegermutter seiner geschiedenen Frau. Rüstau war bereits 1952 verhaftet worden (damals in Zwickau wohnhaft).« Doch konnten ihm Verbindungen zu Martha Lieboldt nie nachgewiesen werden. Rüstau geriet in den Kreis der Mordverdächtigen aufgrund der Pressenotiz, Aussehen, Lebenswandel und seines Namens: Harry.

Aber Rüstau hat auch jetzt noch keine feste Arbeitsstelle. Er gerät erneut ins Visier durch die Aussage seiner Schwiegermutter: »Anläßlich eines Besuches, den ich meiner Tochter Anna abstattete, als ich mir einen Mantel kaufen wollte, kam ich mit ihr ins Gespräch, und sie erzählte mir, als wir von Rüstau sprachen, daß da bei ihm vor Jahren etwas mit einer Frau vorgefallen sei. Sie sei in Karl-Marx-Stadt umgebracht worden. Ich habe versucht, genaueres von meiner Tochter zu erfahren, aber sie ließ sich nicht näher darüber aus. Sie sagte auch nicht, woher sie den Verdacht habe. Sie sagte nur, daß die Beschreibung, wie das gemacht sein sollte, genau stimme.« Die Polizei nimmt noch einmal Ermittlungen auf. Doch Harry Rüstau ist geflohen und kommt nicht wieder.

Auch Gunter Mangold und andere Liebhaber werden bei Gelegenheit polizeilich kontrolliert. Keinem von ihnen kann die Tat bewiesen werden. Bis ins Jahr 1959 ermittelt die Kriminalpolizei aktiv. 1972 werden die Akten des Falles Martha Lieboldt endgültig geschlossen.

Dr. Otto Fleischer wurde 1960 aus der Haft entlassen, eine Amnestie war Grund dafür: Walter Ulbricht wurde Vorsitzender des Staatsrats der DDR. Fleischer bezeichnete lebenslang den gegen ihn geführten Strafprozeß als seine »Lebenskatastrophe« und kämpfte um seine Rehabilitierung. Die erfolgte am 19.12.1991. Das Urteil der 6. Strafkammer des Berliner Kassationsgerichts erfolgte einstimmig. Otto Fleischer hat die Annullierung des Urteils nie erfahren, er verstarb 1989.

Die wirklichen Ursachen für den Tod von mindestens 47 Menschen am 19. April 1952 im Martin-Hoop-Schacht IV in Zwickau wurden offiziell nie aufgeklärt. Nahe liegt, daß Schlamperei und Verantwortungslosigkeit Grund für das Grubenunglück waren.

Quellen:
Akten des Staatsarchivs Chemnitz
Rudolf Fischer: Martin Hoop IV. Berlin, 1955

Staustufe Mensch

Der Fall Hans Köhler, Klingenthal, 1946

Gustav Spranger bewohnt in Klingenthal Grundstück und Haus Markneukirchner Straße 34. Das imposante Gebäude liegt am Ufer der Zwota und steht heute Touristen offen, die eine Ferienwohnung im vogtländischen Erzgebirge suchen. Die Stadt Klingenthal landschaftlich zwischen Bergen gelegen, bietet nicht nur die Aschbergschanze und Wintersport. Sie vermarktet sich als Wanderparadies und besitzt Tradition im Musikinstrumentenbau. Unternehmer Gustav Spranger gründete seine Firma 1923, produziert Holzbaukästen und fertigt Mundharmonikas. Einige seiner Produkte zeigt das Heimatmuseum, manche davon sind noch antiquarisch erwerbbar.

Gegenüber der Sprangerschen Villa getrennt durch den Fluß sind Gleisanlagen, Bahnhofsgebäude und Lagerschuppen. Klingenthal ist Grenzort zur tschechischen Republik. Zoll- und Paßkontrollen gab es vor Ort bis 2004. Die Zugstrecke von Klingenthal nach Sachsenberg und Georgenthal war die kürzeste und einzig elektrisch betriebene Schmalspurbahn in Sachsen. 1916 in Betrieb genommen stellte sie ihre Fahrten 1964 ein. Klingenthal war bis dato Umsteigebahnhof zum Gleisnetz der Deutschen Reichsbahn, Transport- und Umschlagplatz nicht nur für Güter heimischer Produktion. Lage und verkehrstechnische Anbindung verschafften der Stadt wirtschaftlichen Aufschwung.

Unternehmergattin Käthe Spranger (52) putzt am Morgen des 5. Juni 1946 und will das Reinigungsgerät spülen. »Die Nordseite unseres Haus- und Flurgrundstückes liegt an der nach Osten fließenden Zwota. Von unserem Garten aus führen einige Steinstufen an das Flußbett der Zwota. Am 5.6.46 wollte ich kurz nach 9 Uhr in der Zwota einen Eimer säubern. Als ich mich an der Zwota befand, sah ich, daß kurz hinter unserem Zugang in östlicher Richtung ein Bündel im Wasser lag. Ich konnte Einzelheiten nicht erkennen und nahm an, daß es sich um Kleidungsstücke handelt. Beim Näherkommen bemerkte ich etwas Rotes, das wie Blut aussah. Erst als ich an dem Gegenstand angelangt war, sah ich, daß ein toter Mann im Wasser liegt.« Der Mantel des Toten ist eine Uniform der Feuerwehr. Käthe Spranger rennt ins Haus zurück. »Von dieser Wahrnehmung setzte ich sofort meinen Mann in Kenntnis, der die Polizei fernmündlich verständigte.« Die alarmierte Polizei sucht die Markneukirchner Straße 34 auf, überzeugt sich vom Feuerwehrwehrmann im Flußbett der Zwota und leitet die kriminalpolizeilichen Ermittlungen ein.

»Am 5. 6. 1946 ersuchte 10.15 Uhr die Ordnungspolizei Klingenthal fernmündlich um Entsendung der Mordkommission, da in der vergangenen Nacht in Klingenthal auf dem Güterbahnhof ein Feuerwehrmann ermordet worden sei. Näheres sei nicht bekannt. Aufgrund dieser Meldung begaben sich Krim.-Insp. Härtel vom Erkennungsdienst und der Unterzeichnete – Krim.-Oberinsp. Tannert – mittels Dienstkraftwagens nach Klingenthal, wo nach unserem Eintreffen gegen 11.30 Uhr folgendes festgestellt wurde:

Der Güterbahnhof Klingenthal liegt im westlichen Stadtteil und ist nicht besonders umfangreich. Zur Aufbewahrung von Gütern und dienstlicher Abfertigungen sind dort drei einstöckige Holzfachwerkschuppen errichtet. Diese Gebäude stehen in einer Front und etwa nur 40 m voneinander entfernt. Im ersten Schuppen in östlicher Richtung befindet sich eine Wachstube der Roten Armee. Untergebracht sind dort ständig 3-4 Soldaten, die auf dem Güterbahnhof in Kisten verpacktes Demontagegut bewachen. An diesen drei Schuppen verläuft an der Südseite eine nicht öffentliche Straße, die nach Süden durch einen Lattenzaun abgegrenzt ist. Hinter diesem Zaun liegt in gleicher Richtung der eingleisige Körper der Straßenbahn. An den Bahnkörper grenzt wiederum in südlicher Richtung eine etwa 6 m breite und nur gering abfallende Grasfläche und weiter, ebenfalls nach Süden, ein steiler, etwa 10 m mit Gras bewachsener Hang. Der Fuß dieses Hanges ist durch eine 1,20 m hohe Steinmauer befestigt und dient als Flutdamm. An diesem Damm liegt das nördliche Ufer der Zwota, die in östlicher Richtung nach der Tschechoslowakei fließt. Das Nordufer ist 1,50 m breit, das nunmehr folgende Flußbett ist 1,20 m breit. Der Wasserstand betrug 0,40 m. Das südliche Ufer ist 1,20 m breit und grenzt an eine Steinmauer, die ebenfalls als Flurdamm dient. Weiter in südlicher Richtung liegt das Fabrikgrundstück der Firma Spranger. Von diesem Grundstück aus führt eine Steintreppe nach dem Flußbett der Zwota. Gegenüber dieser Treppe wurde in der Zwota die Leiche des Feuerwehrmannes Köhler, Vorn.: Hans Walther, geb. am 18.4.1902 in Obersachsenberg, in Sachsenberg-Georgenthal Nr. 55b wohnhaft, verheiratet mit Rosalie, geb. Meitner, Vater eines Kindes im Alter von 20 Jahren (Friedhelm Hugo, geb. 29.1.1926, noch in Gefangenschaft) aufgefunden.

Der Tote lag schräg im Flußbett, die linke Kopfseite streifte die nördliche und der rechte Fuß die südliche Uferwand. Durch diese Lage war ein wehrartiges Anstauen des Wassers und eine teilweise Überflutung der Leiche geschaffen. Trotz dieser Überflutung war der Hinterkopf der Leiche noch stark mit Blut besudelt. Teile vom Gehirn lagen auf dem Mantel auf dem Rücken, weiterhin war in dieser Lage eine etwa 6 cm große, wattebauschähnliche Gehirnmasse an der rechten Kopfseite ausgetreten. Etwa nur 15 cm hinter dem Kopf am nördlichen Ufer wurden Blutflecken und Gehirnteile und auf dem nördlichen Ufer eine größere, teils eingetrocknete Blutlache vorgefunden. In Verlängerung dieser Blutlachen verliefen auf dem Hang nach dem Güterbahnhof zu zwei Fußspuren im Gras und auf der Mitte des Berges wurde wiederum zwischen diesen Spuren ein Lager im Gras vorgefunden. Offenbar hat an dieser Stelle ein Kampf stattgefunden, oder aber das Opfer ist dort bereits zusammengesackt. Auf dem Hang im Grase konnten weitere Blutspuren nicht festgestellt werden. Erst auf dem Schotter des Straßenbahnkörpers dahinter, dicht am Zaun, wurden noch an zwei Stellen Blutspritzer vorgefunden.

Aufgrund dieses Befundes muß gefolgert werden, daß der Angriff auf Köhler auf der Güterbahnhofseite eingesetzt hat. Köhler dürfte dann durch ein etwa 1,20 m Durchmesser großes, mit Gewalt geschaffenes Loch im Gartenzaun geflüchtet oder hindurchgeschleppt worden sein. Auf dem Straßenbahnkörper sind ihm dann vermutlich die ersten Verletzungen beigebracht worden. Von dort aus dürfte er nunmehr den Hang hinuntergeschleppt und in die Zwota geworfen worden sein. Weitere Spuren konnten am Tatort nicht festgestellt werden.

Nunmehr wurde die Leiche einer eingehenden Besichtigung unterzogen. Sie war bekleidet mit einem blauen Feuerwehrmantel, Koppel (zugeschnallt), dunkelblauer Manchester-Stiefelhose, Feuerwehrrock, schwarzen Ledergamaschen und schwarzen hohen Schuhen. Die Leiche lag auf dem Bauch, die beiden Mantelenden waren über dem Rücken hochgeschlagen.

Unterhalb des linken Auges befand sich eine etwa 3 cm lange Stichwunde, eine weitere in der Mitte des rechten Nasenflügels nach dem rechten Backenknochen zu verlaufend. Daran grenzte eine dritte Stichwunde, etwa 2 cm unterhalb des rechten Auges. 3 cm über der rechten Augenbraue verlief eine 1 1/2 cm lange Wunde. Eine 1 1/2 cm über der Ohrleiste liegende, 2 1/2 cm lange Stichwunde durchbohrte das Schädeldach. In gleicher Höhe nach dem Hinterkopf zu war eine 3,2 cm lange Stichwunde zu sehen. Etwa 6,2 cm über diesen beiden Wunden wurde das Schädeldach im Durchmesser von ca. 10 cm durch einen stumpfen Gegenstand zertrümmert. An dieser Stelle sind ausgetretene Gehirnteile sichtbar. Am Hinterkopf links des Wirbels befinden sich zwei 2,2 cm und 2,3 cm lange Stichwunden. Eine danebenliegende 1,7 cm lange Wunde durchstach die Kopfschwarte. Außer einer Schürfwunde am ersten Gelenk des rechten Ringfingers waren weitere Verletzungen an der Leiche nicht sichtbar. Die Kleidung befand sich in ordentlichem Zustand, die Knöpfe und das Koppel waren noch verschlossen.

Der am Tatort eingetroffene Dr. med. Gerhard Lohde aus Klingenthal stellte fest, daß der Tod unmittelbar durch Schädelbruch hervorgerufen, durch Zertrümmerung des Schädeldaches durch ein stumpfes Werkzeug, und Hirnverletzung eingetreten ist.«

Das vorläufige gerichtsmedizinische Gutachten des Dr. Lohde bestätigt den Augenschein der Polizisten: Feuerwehrmann Hans Köhler starb infolge einer Gewalttat. »An der Leiche wurde folgendes festgestellt: Zahlreiche Weichteildurchtrennungen am Kopf, insbes. in der rechten Schläfen-Scheitelgegend. Nach der Beschaffenheit der Ränder rühren diese durch Gewalteinwirkungen mit einem halbscharfen Werkzeug her. Sie wurden alle im Leben beigebracht. Weiterhin liegen eine Zertrümmerung des Schädeldaches und mehrere Sprunglinien in der Schädelbasis vor. Das Gehirn ist in der rechten Schläfen-Scheitelgegend ausgedehnt zertrümmert. Die Verletzungen an der rechten Hand müssen wohl als Abwehrverletzungen gedeutet werden. Der Tod ist durch eine schwere Kopf-Hirnverletzung eingetreten.« Kriminal-Oberinspektor Tannert und Kollegen ermitteln fortan gegen unbekannt.

Die Spuren im Umfeld lassen auf einen Kampf schließen. Vielleicht haben Anwohner der umliegenden Häuser Verdächtiges vernommen. Unternehmergattin Käthe Spranger: »Mein Schlafstubenfenster liegt im Osten. In der vergangenen Nacht haben weder ich noch mein Ehemann irgendwelche verdächtigen Geräusche gehört. Rufe oder Hilfeschreie haben wir ebenfalls nicht vernommen.« Der Postangestellte Wilhelm Groh (56) wohnt mit Gattin im selben Haus wie das Ehepaar Spranger. Er wurde nächtens munter. »Unsere Wohnung liegt im zweiten Stock, während die Fenster meines Schlafzimmers nach Osten und Süden führen, liegen die meiner Ehefrau nach Süden und Norden. In der vergangenen Nacht wurde ich wach. Ich hörte auch, wie unsere Uhr 2 Uhr schlug. Einige Minuten darauf hob plötzlich ein Geschrei an. Es ließ sich vernehmen, als ob mehrere Männer schimpften oder sich zankten. Einzelne Worte konnte ich nicht verstehen, ebenso konnte ich nicht feststellen, in welcher Sprache gesprochen wurde. Dieses Geschrei dauerte 2-3 Minuten, dann war es wieder still. Diese Stimmen mußten vom Güterbahnhof her kommen. Wie erwähnt konnte ich das Gesprochene nicht verstehen. Hilferufe habe ich nicht wahrgenommen. Ich habe dann vielmehr geglaubt, daß es sich um Betrunkene handelt. In der Zeit habe ich mich bestimmt nicht geirrt, da ich vordem wach war und unsere Uhr 2 schlug. Einige Minuten darauf vernahm ich die Stimmen.« Kriminal-Oberinspektor Tannert fügt hinzu: »Die Ehefrau A. machte die gleichen Angaben, und es wurde deshalb von einer Niederschrift abgesehen.«

Die Tatzeit scheint sich einzugrenzen: Frühe Morgenstunden des 5. Juni 1946, zwei Uhr nachts. Warum war Hans Köhler am Güterbahnhof unterwegs? Mit wem ist er in Streit geraten? Die Zeiten waren problematisch: Hunger, Desillusionierung, Perspektivlosigkeit. Der deutsche Staat stand unter Kuratel der Besatzungsmächte. In Klingenthal regierte die Rote Armee. Deren Soldaten saßen in einem Wachschuppen neben den Lagerhäusern am Bahnhof. Sie bewachten Demontagegut. Werte, die sich illegal, auf dem Schwarzmarkt oder durch Schmuggel schnell zu barer Münze machen ließen. Die Sowjetunion beharrte auf Reparationsleistungen Deutschlands. Industrie und die Bevölkerung ihrer Besatzungszone hatten die Verluste zu tragen.

»Während der viereinhalbjährigen Besatzungszeit wurde der materielle Reichtum Deutschlands von den Sowjets auf verschiedene Weise demontiert. Während der ersten Phase der Besatzung, von Ende April bis August 1945, rückten die sowjetischen Soldaten beutemachend und plündernd in die Städte und Dörfer Ostdeutschlands ein. Uhren und Fahrräder wurden geraubt; Kleider, Pelze und Schmuck waren beliebte Beutestücke; Speisekammern wurden nach Wurst, Käse und Alkohol durchsucht. Sogar Klaviere, Kleiderschränke und Eßtische wurden verpackt und in die Heimat geschickt. Es ist unmöglich, den Wert dessen genau festzustellen, was von den einzelnen Soldaten oder Soldatentrupps gestohlen oder zerstört wurde, doch nach allen vorliegenden Berichten zu urteilen, handelt es sich um einen schwindelerregenden Betrag.

Den Kampftruppen auf den Fersen marschierten ›Beute‹-Bataillone in Ostdeutschland ein, von denen die meisten den Auftrag hatten, bestimmte Gegenstände abzutransportieren: militärisches Gerät, wissenschaftliche Laboratorien, Druckerpressen, Fernmeldegerät – Telefone, Kabel, sogar Telefondrähte –, Schiffe und Lastkähne. Ganze Zugladungen von Maschinen und Ausrüstung wurden gen Osten geschickt. Auch Kohle, Eisenerz und Stahl wurden in geschlossenen Güterwaggons in die Sowjetunion verfrachtet. Sonderkomitees des Sownarkom, des Rats der Volkskommissare, die den Abtransport nach besten Kräften beaufsichtigten und koordinierten, waren in jeder Provinz tätig. Unterlagen des sowjetischen Außenministeriums zufolge wurden bis zum 2. August 1945, dem offiziellen Ende des von den Alliierten vereinbarten Beutezuges, von den Sowjets 1.280.000 Tonnen ›Materialien‹ und 3.600.000 Tonnen Ausrüstung abtransportiert. In diesen Zahlen sind nicht die ungeheuren Mengen landwirtschaftlicher Produkte enthalten, die in diesem Zeitraum ebenfalls beschlagnahmt und in die Sowjetunion expediert wurden: Getreide, Alkohol, Pflanzenöl, Zucker und Vieh.

Die komplexeste Phase der sowjetischen Demontagen kam nach August 1945, besonders nachdem die Alliierten auf der Potsdamer Konferenz im Juli in der Frage der Reparationen zu keiner Einigung gelangt waren. Ohne ein zufrieden stellendes Viermächteabkommen über die Erhebung und Verteilung blieb den Sowjets nicht viel anderes übrig, als sich in ihrer eigenen Zone zu bedienen. Dies jedenfalls stellte der amerikanische Außenminister James F. Byrnes seinem sowjetischen Kollegen W. M. Molotow auf der Potsdamer Konferenz anheim. In Moskau wurde ein dem Rat der Volkskommissare unterstellter Interministerieller Ausschuß für Reparationen gebildet, um die Aufsicht über ein Programm zur Befriedigung des unbeirrbaren sowjetischen Anspruchs auf zehn Milliarden Dollar in Reparationen zu führen. Georgi Malenkow stand an der Spitze dieses Ausschusses, und Anastas Mikojan, der Minister für Außenhandel, ließ sich über den Sach- und Kapitaltransfer auf dem laufenden halten. In einem Positionspapier des Außenministeriums vom Juli 1946 zur Frage der Reparationen hieß es, die Summe von zehn Milliarden Dollar sei eine ›Mindestentschädigung‹ für die ungeheuren Verluste, welche die Sowjets während des Krieges erlitten hatten, und dieser Betrag müsse durch die Besetzung Deutschlands abgesichert werden.«

»Die Reparationsleistungen der DDR an die Sowjetunion geschahen bis 1948 hauptsächlich durch Demontage von Industriebetrieben. Davon betroffen waren 2.000 bis 2.400 der wichtigsten und bestausgerüsteten Betriebe innerhalb der Sowjetischen Besatzungszone. Bis März 1947 wurden zudem 11.800 km Eisenbahnschienen demontiert und in die SU verbracht. Damit wurde das Schienennetz bezogen auf den Stand von 1938 um 48 % reduziert. Der Substanzverlust an industriellen und infrastrukturellen Kapazitäten durch die Demontagen betrug insgesamt rund 30 % der 1944 auf diesem Gebiet vorhandenen Fonds. Ab Juni 1946 begann sich die Form der Reparationen von Demontagen auf Entnahmen aus laufender Produktion im Rahmen der Sowjetischen Aktiengesellschaften zu verlagern. Diese Entnahmen aus laufender Produktion betrugen zwischen 1946 und 1953 jährlich zwischen 48,0 und 12,9 % (durchschnittlich 22 %) des Bruttosozialprodukts. Die Reparationen endeten nach dem Volksaufstand vom 17.

Juni 1953. Es gab nur wenige Demontagen mit einem erfolgreichen Abschluß; die Mehrzahl demontierter Industrieanlagen wurde in der Sowjetunion nie in Betrieb genommen. Auf der Grundlage erstmals erschlossener Archivmaterialien, vor allem in Moskau, kamen Wissenschaftler der Humboldt-Universität zu Berlin 1993 auf eine Gesamtsumme von mindestens 54 Milliarden Reichsmark bzw. Deutsche Mark (Ost) zu laufenden Preisen bzw. auf mindestens 14 Mrd. US-Dollar zu Preisen des Jahres 1938. Als die Reparationen 1953 für beendet erklärt wurden, hatte die SBZ/DDR die höchsten im 20. Jahrhundert bekanntgewordenen Reparationsleistungen erbracht. Die Reparationen der DDR betrugen insgesamt 99,1 Mrd. DM (zu Preisen von 1953) – die der BRD demgegenüber 2,1 Mrd. DM (zu Preisen von 1953). Die DDR/SBZ trug damit 97-98 % der Reparationslast Gesamtdeutschlands – pro Person also das 130fache.«

Welche Güter in der von den Sowjets bewachten Halle lagerten, ist aus den Akten nicht ersichtlich. Hans Köhler war auch keineswegs auf Diebeszug, als er ermordet wurde. Auch wenn Zeuge Wilhelm Groh und Gattin zur Tatzeit Sprache hörten, die sie nicht verstanden. Mit den Russen legte sich freiwillig niemand an. Und Köhler war mitnichten auf Beutezug, er schob mit seinen Feuerwehrkollegen Wache. Jedoch ist nicht ausgeschlossen, daß sich sowjetische Soldaten auf eigene Rechnung vom Demontagegut bedienten.

Vorgeladen erscheint vor Kriminal-Oberinspektor Tannert der 17jährige Maschinenschlosser Wolfgang Pohl: »Ich gehöre der Freiwilligen Feuerwehr Klingenthal an. U.a. ist die Feuerwehr von der russ. Kommandantur beauftragt zur Bewachung von Demontagegut, das sich auf dem Güterbahnhof befindet, Posten zu stellen. Hier muß ich erwähnen, daß die Bewachung durch die Berufsfeuerwehr Klingenthal durchgeführt wird. Zur Bewachung des Demontagegutes bin ich nur von der Freiwilligen Feuerwehr herangezogen worden, weil der zum Nachtdienst von der Berufsfeuerwehr eingesetzte Mann auf Urlaub ist. Den Wachdienst auf dem Güterbahnhof habe ich am 4. 6. 46 gegen 23 Uhr angetreten. Mein Dienst erstreckte sich bis 5. 6. 46, 1 Uhr. Der Wachtdienst wird außerhalb der Gebäude ausgeübt. Die Bewachung der Gebäude unterliegt nicht der Aufsicht der Feuerwehr. In einem massiven, schuppenähnlichen Gebäude ist gleichzeitig eine von russ. Soldaten besetzte Wache eingerichtet. Von dieser Wache erfüllt ein russ. Posten die gleichen Aufgaben wie die Feuerwehr. Der Posten patrouilliert also an dem dortigen Gelände. Der Rundgang durch den russ. Posten und dem der Feuerwehr erstreckt sich auf das ganze Gelände, wo Demontagegut lagert. Beide Posten stehen auch fast immer in enger Fühlungnahme. Als ich 23 Uhr meinen Dienst auf dem Güterbahnhof antrat, war von einem russ. Posten nichts zu sehen. Etwa gegen 23.45 Uhr kam ein Posten auf einmal zu den Kisten. Dieser hatte sich nur etwa eine 1/4 Stunde bis gegen 24 Uhr dort aufgehalten. Um diese Zeit sah ich dann plötzlich einen anderen russ. Posten. Diesem Posten bin ich nur einmal begegnet. Dabei habe ich nach der Zeit gefragt, eine Antwort hierauf erhielt ich nicht. Dieser Posten frug mich nur noch, wie lange ich Wache hätte. Ich habe mich erklärt, daß ich um 1 Uhr abgelöst würde. Diese Begegnung kann etwa um 0.30 Uhr stattgefunden haben. Nachdem habe ich auch diesen Posten nicht mehr gesehen.« Den Polizisten erschließt sich der Ablauf schwerlich. Weiter befragt gibt der junge Wolfgang Pohl zu Protokoll: »Es ist ausgeschlossen, daß vielleicht dieser Posten zu mir gesagt haben könnte, ich solle nach Hause gehen. Ich selbst habe auch zu keinem Posten der Feuerwehr gesagt, er könne nach Hause gehen, ich würde ihn ablösen. Übrigens trat ich doch meinen Wachdienst nicht um 2 Uhr, sondern bereits um 23 Uhr an. Als zu meiner Ablösung der Feuerwehrmann Köhler nicht erschien, ging ich in die Feuerwache, Kirchstraße 5, um ihn zu holen.« Offensichtlich hatte Hans Köhler seinen Einsatz verschlafen. Wolfgang Pohl »blieb dann in der Wache zurück, während sich Köhler angeblich nach dem Güterbahnhof begab«. Köhler hatte auch sogleich die Feuerwache verlassen »und muß, wenn er sich direkt nach dem Güterbahnhof begeben hat, in 5-8 Minuten dort eingetroffen sein«, sagt Pohl, später hat er dann den Köhler nicht wieder gesehen. »Während meines Rundganges an der besagten Stelle habe nur die 2 russ. Posten gesehen. Irgendwelche Wahrnehmungen, daß sich Personen gegebenenfalls an dem Schuppen zu schaffen gemacht hätten, in welchem Güter lagerten, habe ich nicht gemacht. Ich kann deshalb mit Bestimmtheit erklären, daß während meines Rundganges an der besagten Stelle ein Einbruchsversuch oder überhaupt ein Einbruch in den Güterschuppen nicht ausgeführt wurde.«

Denn nicht im Schuppen mit Demontagegut wurde eingebrochen, sondern in der Lagerhalle der Spedition, die auch für die Firma Gustav Spranger fuhr. Die Halle befindet sich direkt neben Demontageschuppen und Wachstube der Sowjetsoldaten. Unter anderem lagerten dort Holzbaukästen und Mundharmonikas verpackt für den Transport. Auch weiteres Handelsgut bewahrte der Spediteur vor Ort auf. Spielzeug und Mundharmonikas, wer weiß, was noch – Gegenstände, die auch Besatzer interessieren konnten. Auf vielen Klischeebildern der Besatzungsmacht bliesen lächelnde Soldaten der Roten Armee Mundharmonika. Solch Instrument war in die Jacke zu stecken, in Gefechtspausen konnte es für Unterhaltung sorgen. Arrangements für Mundharmonika gibt es von »Lili Marleen« und »Kalinka« bis hin zu Joopi Heesters und Theo Lingen. Erwischte Köhler Diebe, die den Schuppen Sprangers beraubten? Kaum eine andre Lösung lassen die Indizien zu.

Der Berufsfeuerwehrlöschmeister Werner Habedank sollte Hans Köhler vom Wachdienst ablösen. »In der vergangenen Nacht hatte ich ebenfalls Patrouillendienst auf dem Güterbahnhof in Klingenthal, und zwar von 3-5 Uhr nachts. Bei meinem Eintreffen (5. 6. 46) an dieser Stelle gegen 3.05 Uhr traf ich Köhler nicht an. Eine bestimmte Stelle, wo die Ablösung erfolgt, ist nicht vereinbart und auch nicht erforderlich, weil der Aufenthalt der Posten dort begrenzt ist; ebenfalls traf ich einen russ. Posten nicht an. Besondere Bedenken wegen der Nichtanwesenheit des Köhler hatte ich nicht. Ich habe vielmehr angenommen, daß er inzwischen nach der Feuerwache gegangen sein könnte, und wir uns umlaufen haben. Erst als ich wieder um 5 Uhr in der Feuerwache eintraf, fiel mir auf, daß Köhler noch nicht anwesend war. Ich ging deshalb gegen 6 Uhr nochmals nach dem Postenbereich, wo ich den um 5 Uhr angetretenen Posten Meier, Werner antraf und mit ihm nach Köhler suchte. Obwohl wir alles abgesucht haben, war von Köhler eine Spur nicht zu finden. Auch waren sonst verdächtige Wahrnehmungen nicht feststellbar. Auf die Gedanken, daß er gegebenenfalls unterhalb des Hanges in der Zwota liegen könnte, sind wir nicht gekommen. Ich konnte dies auch nicht annehmen, weil wir doch keinesfalls ahnen konnten, daß er einem Verbrechen zum Opfer gefallen war. Während meines zweistündigen Rundganges auf dem Güterbahnhof habe ich weder einen russ. Posten noch eine andere Person gesehen oder gehört. Es ist auch völlig ausgeschlossen, daß während meines dortigen Aufenthaltes in den Güterschuppen eingebrochen worden ist.

Infolge der außerordentlichen Stille hört man jedes Geräusch, das sich in der Nähe bemerkbar macht. Besonders möchte ich bemerken, daß an dieser Stelle keine Kraftwagen vorbeifahren, und auch nachts kein Zugverkehr herrscht.«

Erklärbar ist, daß die Wachleute keine Einbruchsspuren am Lagerschuppen der Spedition entdeckten: Dunkelheit läßt die Details verschwimmen, und Geräusche hat Werner Habedank keine gehört. Wahrscheinlich stellte Hans Köhler die Diebe auf frischer Tat. Die beseitigten den Feuerwehrmann als lästigen Zeugen.

Auch Habedanks Ablösung konnte Hans Köhler nicht auf dem Gelände des Bahnhofs entdecken. Kurt Petrasch sagt der Polizei: »Ich bin ebenfalls Angehöriger der Berufsfeuerwehr in Klingenthal und war in der vergangenen Nacht zur Wache auf dem Güterbahnhof eingeteilt. Meine Wache sollte sich von 5-7 Uhr erstrecken. Am 5. 6. 46 wachte ich gegen 4 Uhr im Wachlokal in der Kirchstraße auf. Dabei mußte ich feststellen, daß Köhler vom Posten noch nicht wieder zurückgekehrt war. Er hätte um 3 Uhr von einem Kameraden abgelöst werden müssen. Irgendwelche Bedenken hegte ich hierbei nicht und nahm an, daß er dem Kameraden Habedank, der bis 5 Uhr Posten stehen mußte, zur Unterhaltung mit Wache stehen würde. Als ich um 5 Uhr nach dem Güterbahnhof kam, konnte ich Habedank nicht persönlich sprechen. Er hatte den Postenbereich über die oberen Gleise verlassen, während ich die unteren entlang lief. Ich versuchte trotzdem, über die Schienen Habedank wegen Köhler anzurufen, jedoch konnte Habedank meine Rufe nicht wahrnehmen. Auf dem Wege zum Demontagegut mußte ich an dem Wachlokal der russ. Streife vorbeilaufen. Hierbei sah ich von der Rampe aus, daß der Posten im Lokal auf dem Bett lag und schlief. Während meiner zweistündigen Wache suchte ich die ganze Zeit nach Köhler, konnte aber nichts finden. Beim Passieren des Lageschuppens der Spedition bemerkte ich, daß ein Fenster zum Kontor offenstand. Dies fiel mir besonders auf, da es bis dahin noch nie der Fall war. Ob in diesem Schuppen ein Einbruch verübt worden war, konnte ich nicht beurteilen. Gegen 6.10 Uhr kam der Löschmeister Werner Habedank, um mir mitzuteilen, daß Köhler in der Wachstube noch nicht eingetroffen sei. Gemeinsam mit Habedank suchte ich nochmals das Gelände ab, jedoch ohne Erfolg. Von Köhler ließ sich keine Spur finden. Während meines Postenganges habe irgend etwas Verdächtiges nicht bemerkt. Bis 6 Uhr habe ich weder einen russ. Posten noch eine andere Person in meinem Postenbereich gesehen. Ab 6 Uhr wurde es dann reger, da die Reichsbahnarbeiter ihre Arbeitsstätte aufsuchten. Nachdem wir vergeblich nach Köhler gesucht hatten, verließ ich um 7 Uhr den Bahnhof. Durch den Feuerwehrmann Meinhardt wurde ich abgelöst.« Mehr kann auch Kurt Petrasch zum Fall nicht sagen. Daß die Posten nicht übern Wall hinunter zur Zwota blickten, kann man nachvollziehen. Das Loch im Zaun, durch das man Hans Köhler schleifte, war nicht sehr groß und konnte auch erst in dieser Nacht entstanden sein.

Bei Kriminal-Oberinspektor Tannert erscheint der Bürgermeister Klingenthals Eberhard Kalkreuth. Eine Bluttat schreckt die Gemeinde auf, zumal wenn die russische Besatzungsmacht möglicherweise darin verwickelt ist. Bürgermeister Kalkreuth »erklärte, daß nach Rücksprache mit dem Stadtkommandant Klingenthal die Vernehmungen von Zivilpersonen durch die Kriminalpolizei durchgeführt werden müßten. Die russischen Wachtposten am Güterbahnhof hingegen würden durch die russ. Dienststelle vernommen. Ein russischer Soldat, der ebenfalls zur Wache eingeteilt und am Tatort anwesend war, erklärte während der Unterhaltung wie folgt: Der in der vergangenen Nacht auf Posten gestandenen russ. Soldat, der allerdings fast überhaupt nicht deutsch versteht, habe ihm erzählt, daß der Tote um 2 Uhr abgelöst worden sei. Um diese Zeit habe ein junger deutscher Mann mit rundem Gesicht und blondem Haar vom Bahnhofsgelände her den Postenbereich betreten und dem Toten zugerufen, er solle heimgehen, da er ihn jetzt ablöse. Der russ. Posten habe vor dem Wachgebäude gestanden und gesehen, wie sich Köhler über den Bahnkörper den Hang hinunter nach der Zwota begeben habe. Irgendwelche Hilfeschreie will er nicht gehört haben, ebensowenig habe er fremde Personen zu Gesicht bekommen. Von einem Einbruch in die Lagehalle der Firma Spranger habe er ebenfalls nichts bemerkt. Nachdem sich Köhler über die Bahnkörper entfernt habe, habe er ihn nicht wieder gesehen. Der aussagende russ. Wehrmachtsangehörige beherrschte die deutsche Sprache vollkommen.«

Die Kriminalisten können nicht entscheiden, ob der russische Soldat die Wahrheit spricht und er wirklich einen blonden Täter mit rundem Gesicht beobachtete und wenn ja, wen. Möglicherweise lenkte er von seiner Tat nur ab.

In den meisten Fällen ermittelten die Besatzer bei Straftaten intern, als Staat im Staat. Daß sie überführte Straftäter in ihren Reihen nicht bestraften, kam vor, war aber keinesfalls die Regel. Auch schoben deutsche Verbrecher ihre Straftaten gern den Besatzern unter. »Die Russen warn's« war Sprichwort, das nicht auf der Wahrheit beruhen mußte. Kriminal-Oberinspektor Tannert verfaßt seinen Schlußbericht, für ihn ist der Tod des Wachmanns nicht zu klären. »In der Nacht zum 5.6.46 hatte Köhler von 1–3 Uhr Posten zu stehen und um 1 Uhr den Feuerwehrmann Pohl abzulösen. Da nach Aussage des Pohl

Köhler um 1 Uhr nicht zur Ablösung erschien, ging er in die etwa 8-10 Minuten entfernt liegende Feuerwache und weckte den noch schlafenden Köhler. Köhler muß, wenn er sich sogleich nach dem Bahnhof begeben hat, etwa 30-35 nach 1 Uhr dort eingetroffen sein. Der um 3 Uhr ablösende Posten Habedank fand Köhler jedoch nicht vor. Erst morgens gegen 9 Uhr wurde er von der Ehefrau Spranger in der Zwota liegend tot aufgefunden. Die Mordtat mußte sich also in der Zeit von 1.30 bis 3 Uhr abgespielt haben. Während dieser Zeit muß auch der Einbruch in die Spedition ausgeführt worden sein; da alle anderen Posten nichts bemerkt haben, jedoch im Wirklichkeitsfall es unbedingt hätten bemerken müssen. Die Eheleute Groh, deren Grundstück hart an der Zwota liegt, sagten glaubhaft aus, in der Nacht kurz nach 2 Uhr ein Geschrei von mehreren Männerstimmen vom Güterboden her vernommen zu haben. Diese Zeitangabe deckt sich mit der des russ. Postens. Dieser will gehört und gesehen haben, wie Köhler um 2 Uhr abgelöst wurde und sich über den Bahnkörper nach der Zwota entfernt hat. Allerdings stehen letztere Angaben im Widerspruch zum objektiven Tatbestand. Die von dem Posten angegebene Beschreibung (jung, blond, rundes Gesicht) stimmt mit der Person des Pohl überein. Pohl ist dem russ. Posten in der Zeit von 23–1 Uhr begegnet. Pohl hätte jedoch von Köhler abgelöst werden müssen und nicht umgekehrt. Köhler erschien aber nicht zur Ablösungszeit, sondern ist, nachdem er in der Feuerwache durch den P. geweckt wurde, erst später nach dem Postenbezirk gekommen. Die genaue Zeit seiner Ankunft konnte nicht festgestellt werden. Wie bereits angegeben, hat der um drei Uhr ablösende Posten Habedank Köhler bereits nicht mehr vorgefunden. Nach den weiteren Tatortspuren zu urteilen, kann sich K. auch nicht über den Bahnkörper entfernt haben, da bereits

Kampf- und Blutspuren auf der Straße hinter dem Zaun am Bahnkörper zu sehen sind. Köhler muß also schon vor den Schienen angegriffen worden sein. Zweifellos dürften die Täter zum Einbruch auch als Mörder an Köhler in Frage kommen. Köhler wird die Einbrecher bei der Arbeit überrascht haben und als lästiger Zeuge von diesen stummgemacht worden sein. Der Stadtkommandant Klingenthal wurde von der Mordtat unterrichtet, außerdem war eine Kommission von russ. Offizieren am Tatort anwesend. Ein Ermittlungsbericht wird weiter über deren Bürgermeister Klingenthal an den dortigen Stadtkommandant geleitet.« Genauso ist es dann geschehen.

Die Firma Gustav Sprangers fabrizierte weiter Holzbaukästen und Mundharmonikas. Doch stellte sie im Jahre 1955 ihre Produktion ein. Die Gründe dafür sind nicht bekannt, liegen jedoch nah. Selbständige Unternehmer wurden von der sozialistischen Staatsmacht gegängelt, wenn nicht enteignet. Vielleicht wollte sich Gustav Spranger diesem Zwang entziehen. In seinem Haus kann der Bedürftige heute Erholung finden: Klingenthal, Markneukirchner Straße 34.

Quellen:

Akten des Staatsarchivs Chemnitz

Norman M. Naimark: Die Russen in Deutschland. Berlin, 1997